講談社文庫

戦国武士道物語

死處

山本周五郎

講談社

戦国武士道物語　死処　目次

戦国武士道物語

死《し》処《しょ》

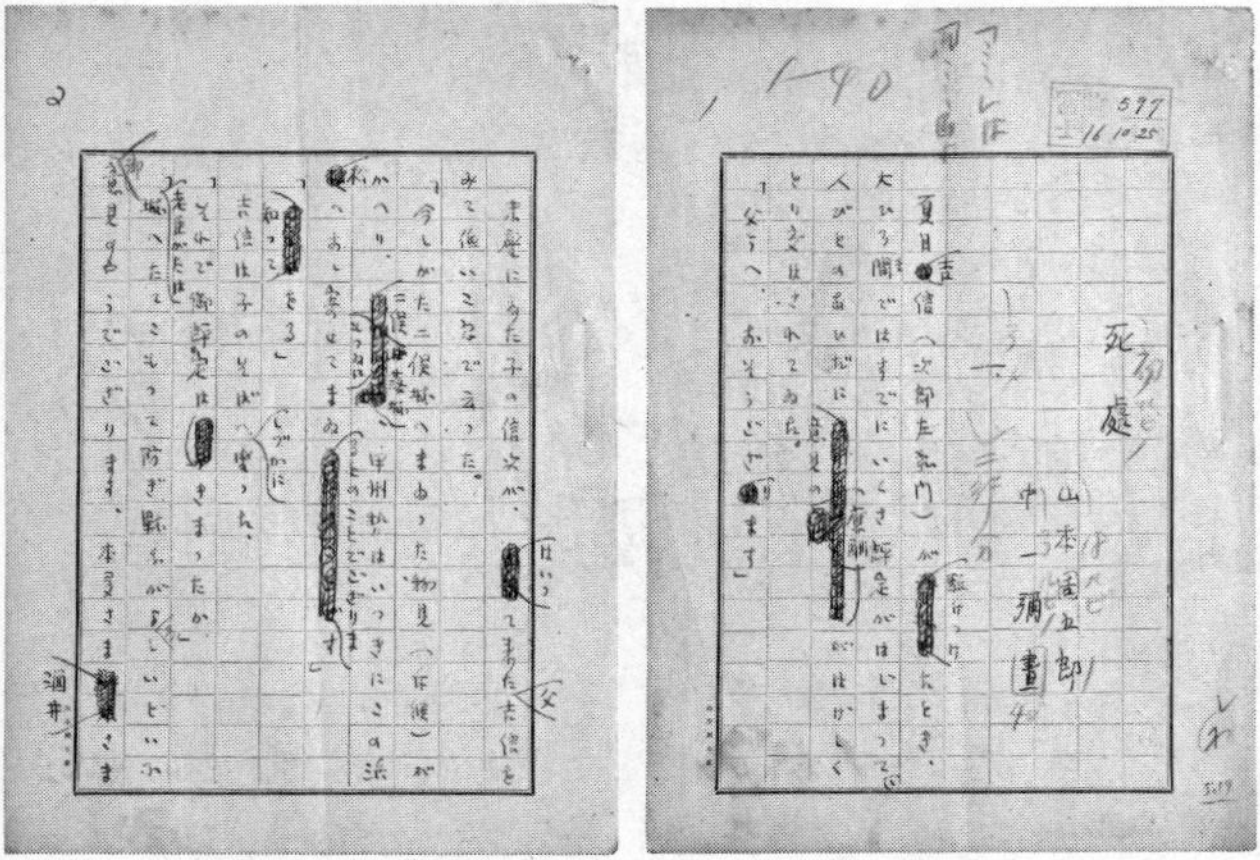

七十七年ぶりに見つかった「死處」の原稿。（講談社蔵）

城を守る者

一

「甲斐《かい》のはるのぶと槍《やり》を合せることすでに三たび、いちどはわが太刀《たち》をもって、晴信を死地に追いつめながら、いまひと打ちをし損じて惜《お》しくものがした」

上杉輝虎《うえすぎてるとら》は、けいけいたる双眸《そうぼう》でいち座を見まわしながら、大きく組んだよろい直垂《ひたたれ》の膝《ひざ》を、はたと扇で打った。

「だが、このたびこそは、勝敗を決しなければならぬ。うちつづく合戦で民のちからは衰え、兵もまた労《つか》れた。いたずらに甲斐との対陣をながびかすときは、思わぬ禍《わざわい》が足下からおこるとみなければならぬ。善くも悪くも、このたびこそは決戦のときだ、このたびこそは勝敗を決するのだ」

かれの声は、館《やかた》の四壁をふるわして響きわたった。

弘治《こうじ》三年（一五五七）七月、越後《えちご》のくに春日山《かすがやま》の城中では、いま領主うえすぎ謙信《けんしん》を首座として、信濃《しなの》へ出陣の軍議がひらかれていた。集っているのは上杉の四家老、長尾越前政景《ながおえちぜんまさかげ》、石川備後為元《いしかわびんごためもと》、斎藤下野朝信《さいとうしもつけとものぶ》、千坂対馬清胤《ちさかつしまきよたね》をはじめ、二十五将とよばれるはたもと帷幄《いあく》の人々であった。……上杉と武田との確執について、ここに精《くわ》しく記す要はあるまい。「川中島合戦《かわなかじま》」といわれる両家の争《あらそ》いは天文《てんもん》二十二年（一五五三）から永禄《えいろく》七年（一五六四）まで、十年余日にわたってくりかえされたものであるが、このときはその四たび目の合戦に当面していたのである。

「さればこのたびは全軍進発ときめた」

輝虎はつづけて云《い》った。

「留守城《るすしろ》の番はいちにん、兵は五百、余はあげて信濃へ出陣をする。したがって留守城番に誰を置くかということは」

「申上げます」

とつぜん声をあげて、石川備後が座をすすめた。

「仰《おお》せなかばながら、わたくしは信濃へお供《とも》をつかまつりまするぞ。留守番役はかたくお断わり申します」

「越前めも、留守役はごめんを蒙《こうむ》ります」

長尾越前がおくれじと云った。するとそれにつづいて列座の人々がわれもわれもと出陣の供を主張し、留守城番を断わると云いだした。もっとも善かれ悪かれ決戦ときめた戦《いくさ》である、誰にしてもこの合戦におくれることはできないにちがいない。みんな肩肱《かたひじ》を張って侃々《かんかん》とののしり叫んだ。

輝虎はだまっていた。いつまでもだまっているので、やがて人々はだんだんとしずまり、ついにはみんなひっそりと音をひそめた。

そこで輝虎はあらためて一座を見まわし、よく徹《とお》る澄んだ声で云った。

「おれから名は指さぬ。しかし誰かが留守城の番をしなければならぬのだ。誰がするか」

「……わたくしがお受け申しましょう」

しずかに答える者があった。みんなあっといった感じで声の主を見やった。それは四家老のひとり、千坂対馬清胤であった。すると列座の人々はひとしく、ああ千坂どのか、という表情をし互いに眼と眼でうなずき合った。

「そうか、対馬がひき受けるか、ではこれで留守はきまった」

輝虎は、そう云って座を立った。

人々は自分が留守役になることはあたまから嫌った。それにも拘《かか》わらず千坂対馬がみずからそれを買って出たことで、あきらかに一種の軽侮を感じた。しかし、それは対馬が合戦に出ることを嫌った臆病者《おくびょうもの》という意味ではない。当時の武士たちは、合戦に参加することを「稼《かせ》ぐ」といったくらいで、臆病ゆえに戦場を嫌うなどということは有り得ることではなかった。では、なぜ人々が千坂対馬に軽侮を感じたかというと、……いや、ここではそれを説明するいとまはない。春日山城の軍議が終って、千坂対馬がおのれの屋敷へ帰ったところへ話を続けるとしよう。

清胤が屋敷へ帰ると間もなく、長男通胤《みちたね》がひどく昂奮《こうふん》した顔つきではいってきた。かれは生来の病身で年は二十三歳、色白の小柄なからだつきはいかにもひ弱そうにみえるが、眉宇《びう》と唇《くち》もとには不屈な性格があらわれている、……しずかに座った通胤は、そのするどい眼をあげてきっと父を見あげた。

「父上、このたび四度目の御出馬に、留守城番をお願いなされたと申すのは事実でございますか」

「……それがどうかしたか」

「父上みずから留守城番をお望みなされたのかどうかを、うかがいたいのです。お館よりのお申付けでございますか、それとも、ご自身お望みなされたのでございますか」

清胤は黙ってわが子の眼を見ていた。通胤もまた父の眼を刺すように瞶《みつ》めていた。

父と子はその一瞬、まるで仇敵《きゆうてき》のように互いをねめ合ったのである。……しかし、やがて清胤がしずかに答えた。

「お留守役は、おれが自らお館へ願ってお受けしたのだ。おまえそれが不服だと云うのか」

二

「父上！」

通胤はさっと色を変えながら、

「こなたさまは、世間でこの千坂家をなんと評判しているかご存じでございますか」

「知っていたらどうする」

「千坂は弁口《べんこう》武士だ、戦場へは出ずに留守城で稼ぐ、そう申しているのをご存じですか」

「…………」

「それをご存じのうえで、このたびも留守役をお望みなされたのでございますか」

千坂対馬が信濃出陣に供をしたのは、第一回のときだった。それも、川中島へ出は出たものの、しんがりにあって、主に輜重《しちょう》の宰領に当っていた。戦場の功名手柄というものが人間の価値をきめる時代にあって、輜重の宰領などという役が軽くみられるのは当然である。ことに、千坂対馬は平常から経済的手腕にぬきんでていたし、私生活はほとんど吝嗇《りんしょく》にちかく、稗《ひえ》を常食として焼味噌《やきみそ》と香《こう》のもの以外には口にしないという徹底したものであった。

だから、輜重の宰領をしたときには、「千坂どのは算盤《そろばん》で稼いだ」と云われたし、二回、三回と続けて留守城番を勤めたときには、「兜首《かぶとくび》の二つや三つより、千坂どのは留守役で二千石稼ぐ」という評判がたったくらいであった。

「世間の噂《うわさ》くらいは、おれの耳へもはいる。俗に人の口には戸がたてられぬというとおり、誰しも蔭《かげ》では公方《くぼう》将軍の悪口も申すものだ。云いたい者には云わせて置くがよい。言葉を一万積み重ねても、蠅一疋殺《はえいっぴき》すことはできぬものだ」

「よくわかりました。しかし蠅一疋殺すことのできぬ言葉が、あるときは、人をも殺すちからを持っていることにお気づき下さい。父上はそれでご満足かもしれませんが、わたくしはいやでございます、通胤は御出馬のお供をつかまつります」

「……ならん」

「父上のお許しは待ちません。わたくしは信濃へまいります」

「……ならん、おまえは父と残るのだ」

「いや、たとえ御勘当を受けましょうとも、このたびこそは出陣をいたします、ご免」

云い捨てて、立とうとする通胤の、袴《はかま》の裾《すそ》を、清胤は足をあげてはたと踏みとめた。

「ゆるさんぞ通胤、おまえは千坂家の長子だ。父のおれがゆるさぬと申したら動くことならん。おれならでは留守のかためができぬからお受けしたまで、戦場ご馬前《ばぜん》で働くのも、留守城を預ってかたく護《まも》るのも、武士の奉公に二つはない。うろたえるな！」

通胤は身をふるわせながら居竦《いすく》んでいたが、やがて悄然《しょうぜん》と立って自分の部屋へ去った。

それとほとんどいれちがいに、五人の客が訪ねて来た。親族のなかに口利《くちき》き役がそろって、用件はやはり留守役のことだった。……かれらもまた口を揃《そろ》えて清胤の非をなじった。親族一統の面目にかかわるとまで云いたてた。

通胤は客間から聞えてくる罵《のの》しりの声に耳をすましていたが、やがて裏手へおりてゆくと、馬をひきだして屋敷を出て行った。

もう出陣の支度をはじめたとみえ、活気のあるざわめきが辻々《つじつじ》に漲《みなぎ》っている。かれは追われるような気持でその街並を駆っていたが、石川備後の屋敷へ来ると馬をおりた。……そこでも小者や家士たちが右往左往していた。武具の荷や、糧秣《りょうまつ》の山がそこ此処《ここ》に積みあげてあり、黄昏《たそがれ》の濃くなりつつある庭にはあかあかと、篝火《かがりび》が燃えあがっていた。

「おお千坂の若か、ようみえたな」

備後為元は白いもののみえはじめた髭《ひげ》を食いそらしながら、すでに鎧下《よろいした》を着けて、大股《おおまた》に客間へはいって来た。

「この通りとりちらしてある。なにか急な用でもあってみえたか」

「ぶしつけなお願いにあがりました」

「わかった、信濃へつれてゆけと云うのだな、そうであろう」

「いいえ違います」

通胤はさっと蒼《あお》い額《ひたい》をあげて云った。

「かねて親共とのあいだにお約束つかまつりました、菊枝《きくえ》どのとわたしとの縁談、いちおう破約にして頂きたいと存じまして……」

為元の眼がぎろりと光った。

「それはなぜだ、どういう仔細《しさい》で破約しろというのか。わけを聞こう」

「仔細は申し上げられませぬ。ただ、わたくしの考えといたしまして、ぜひとも菊枝どのとの縁組を無きものにして頂きたいのです」

「そうか、……そうか」

為元の眉《まゆ》がけわしく歪《ゆが》んだ。

「云えぬと申すなら聞くまい。しかしそれは対馬どのも承知のうえの話であろうな」

「いやわたくし一存でございます。一存でございますが、妻《めと》を娶る者はわたくし、その当のわたくしがお断わり申しますからには、べっしてうろんはないと存じます」

「よし、たしかに破約承知した」

こえ荒く云って、床板を踏み鳴らすように為元は立った。

「用事と申すのはそれだけか」

「はい」

「出陣のかどでに娘へのよき置き土産ができた。わしの思ったほどおぬしは利巧ではなかったな」

投げつけるような声の下に、通胤はただ低く頭を垂《た》れていた。

三

ほとんど全軍をひっさげて、輝虎が信濃へ進発すると同時に、千坂対馬の名で、

——武家にて貯蔵米のあるものは、三日以内に一粒も余さず城中お蔵へ納《おさ》むべし。違背ある者は屹度《きっと》申付くべき事。

という触書《ふれがき》が廻った。そして、その日から千坂家の者が各屋敷をめぐり、びしびしと督促《とくそく》してすべての貯蔵米を城へ運びこんでしまった。……当時、遠征の軍を送るのに、もっとも重要なものは糧道の確保であった。輜重は軍と共に進むけれども、それで戦の全部がまかなえるわけではない。武具、兵粮《ひょうろう》、医薬の類《たぐい》はたえずあとから補給しなければならぬ。ことに前にも記した通り、武田家との戦はすでに連続四回にも及び、領内の民たちはかなり疲弊していたから、留守城の武家にある貯蔵米を召上げるのはふしぎではなかった。しかし、「一粒も余さず」というのは過酷だった。

人々はなによりも先に、

——そろそろ千坂どのが稼ぎだしたぞ。

という疑惑をいだいた。

こうして貯蔵米をすっかり御蔵へ納めたうえ、こんどは各家の家族をしらべ、平時のおよそ半量ほどの米を一日分ずつ、毎日に割って配分することになった。それも「野菜を混じて粥雑炊《かゆぞうすい》として食すべき事」という厳しい注意つきであった。

女や子供は城中へあがり、矢竹つくりや武具の手入れを命ぜられた。これまで曾《かつ》てそんな例はなかったのである。そして、留守城番として残された五百人の兵は、毎日半数ずつ交代で、矢代川《やしろがわ》の岸に沿った荒地の開墾にくり出された。

不平はそこから起った。

——われらは留守城を護るために残されたのだ、百姓をせよとは申付かっておらんぞ。

——だい一、この合戦のさなかに荒地を起してどうしようというのだ。此処《ここ》へ稲でも植えて、今年の秋の兵粮にでもするつもりか。

——千坂どのの専横《せんおう》も度が過ぎるぞ。

いちど不平が口にされると、にわかに次から次へと弘《ひろ》まりだした。

対馬清胤はしかしびくともしなかった。そんな悪評はかねて期したことだと云わんばかりに、触れだした条目はぴしぴし励行《れいこう》させ、たとえ女子供でも容赦がなかった。

通胤は自分から五百人の兵たちの中にまじっていた。かれは父に対する悪評のまっ唯中《ただなか》にいて、兵たちと共に鍬《くわ》をふるい、黙々と荒地の開墾をやっていた。……みんなはわざと通胤に聞かせるように、しきりに千坂対馬の専横を鳴らし不法を数えたてた。しかし、なんと云われても通胤は半句の弁解もしなかった。まるで父に代って世間の鞭《むち》に打たれているような感じだった。

家へ帰っても、かれは父とは口をきかなかった。清胤もわが子を避けるようすだった。ときたま眼が合うと通胤は父にむかって射通すような視線を向けた。……かれの胸には、あの日父の云った言葉がまざまざと残っていた。

——戦場御馬前の働きも留守城を護るのも武士の奉公に二つはない。

父ははっきりとそう云った。

——おれならでは留守城のかためがならぬからお受け申したのだ。

そうも云った。あの言葉が通胤を此処へひきとめたのである。五人の親族に面詰《めんきつ》されながら、自ら留守役を買って平然とうごかなかった態度が、戦場へぬけて出ようとする通胤の足をとめたのだ。しかし、父の仕方は、予想以上に専横だった。貯蔵米を根こそぎとりあげ、女子供を城中にとどめて、矢竹を作らせ武具の手入れをさせる。また五百人の城兵に矢代河畔の荒地を起させるなど、すべて城代の威光を不必要に濫《らん》用《よう》すると云われても仕方のないことばかりだった。

——あのときの言葉は、やはり父の口舌の弁にすぎなかったか。「留守城で稼ぐ」と云われるのが本当だったのか。

通胤は父の言葉に惹《ひ》かれて、戦場へぬけて出なかったことを後悔した。そして自分はできるだけの事をして、父のつぐないをしようと心をきめていた。

八月中旬の或《あ》る日、城へあがった通胤は、二の曲輪《くるわ》で思いがけぬ人に呼びとめられた。

「千坂さま、もし……千坂さま」

小走りに追って来る人のこえにふりかえってみると、石川備後のむすめ菊枝だった。

菊枝は色白のふっくらしたからだつきで、いつも眼もとに温《あたた》かい頰笑《ほほえみ》をたたえている娘だった。二年まえから縁組の約束があったのを、父の悪評に耐えかねて、通胤は自分から破約した。父に対する反抗の気持もあったが、もっと強く、その悪評のなかへ菊枝をひき入れるに忍びなくなったからである。それ以来、会うのは今日がはじめてだった。

四

「かような場所でお呼びとめ申しまして、まことに不躾《ぶしつ》けではございますが」

娘は眼もとを赤くしながら、眩《まぶ》しそうに通胤を仰ぎ見て云った。

「ぜひあなたさまのお口添えをお願い申したいことがございまして」

「……なにごとでしょうか」

通胤は罰を受ける者のように、眼を伏せ頭を垂れた。娘の温かい眼もとには、男の心をよく理解したやさしい憐《あわれ》みの色がにじんでいた。

「ご承知のように、わたくし共女子や子供たちの多くは、お触れによってずっと城中にあがり、矢竹つくりやお物具《もののぐ》のお手入れをいたしておりますが、いまだにいちども屋敷へ下げて頂けぬ者が多うございます」

「さぞ御不自由なことでしょう」

「いま合戦の折からゆえ、不自由はどのようにも忍びますけれど、お物具の手入れは終りましたし、矢竹つくりは屋敷にいても出来ますことゆえ、お城から下げて頂けますようお願い申したいと存じます」

「それならわたくしがお伝え申すより、係《かか》りへじかにお申出でなさるがよいと思いますが」

「それはあの、もう再三お願い申したのですけれど、……御城代さまからどうしてもお許しが出ませんので」

通胤ははっと息をのんだ。

――此処でもまた父が。

そう思うと恥ずかしさで身が竦むような気持だった。

「そうですか、ではわたくしからすぐに話してみましょう」

「ご迷惑なお願いで申しわけございません」

もっとなにか云いたげな娘の眼から、逃げるようにして通胤は館へあがった。……しばらく待たされてから、父の前へ通されたかれは、すぐに菊枝のたのみを伝えた。……清胤はふきげんに眉をひそめたまま黙って聞いていたが、通胤の言葉が終ると言下に、「ならん」と云った。

「なぜいけないのですか、矢竹つくりだけなら屋敷へさがってもできると思いますが」

「どうあろうと、そのほうなどの差出るところではない。さようなことを取次ぐなどは筋違いだ。さがれ」

「父上、お言葉ではございますが、今日はいささか通胤にも申し上げたいことがございます。父上が城代の御威光をふるって、事を専断にあそばすことが、お留守城の人々をどのように苦しめているかお考えになったことがございますか。父上はかつて『留守城のかためはおれならでは』と仰《おお》せられました。戦場も留守も奉公に二つはないと仰せられました、あのときのお言葉は、この通胤を云いくるめる一時の方便にすぎなかったのでございますか」

「云いたいだけのことを申せ、聞くだけは聞いてやる、もっと申してみい」

「もうひと言だけ申しあげます、通胤は信濃《しなの》へまいります、せめて殿の御馬前にむくろを曝《さら》し、千坂の家名のつぐないを致します。もはやお目通りはつかまつりません」

「死にたいとき死ねる者は仕合《しあわ》せだ。好きにしろ」

通胤は席を蹴《け》って立った。

屋敷へ帰ったかれは、小者《こもの》の藤七郎《とうしちろう》を呼んで信濃への供を命じ、すぐに出陣の支度をととのえた。生きて還《かえ》るつもりはない、道は唯一つ、いさぎよく戦場で死ぬだけである。祖先の墓に別れの詣《もう》でをしたかれは、折から降りだした小雨をついて、午《ひる》さがりの道を信濃へ向って出立した。……雨は強くなるばかりだったが、少しでも道を進めたいと思って、馬を急がせた。走田《はしだ》の郷《ごう》へかかる頃には、とっぷりと暮れかかった。すると、その部落を通りぬけようとした時である。

——わあっ。

という人々の喚《わめ》き声がおこって、道のまん中へばらばらと人が駆けだして来た。みると七八人の農夫たちが手に手に得物を持って、一人の旅商人ふうの男を追いつめているところだった。通胤はすばやく馬を乗りつけ、

「これ待て、なにをする」

と制止しながらとび下りた。農夫たちはいっせいに振返ったが、春日山城の者とみたのであろう、なかでも年嵩《としかさ》のひとりが進み出て、

「これはよい処《ところ》へおいで下さいました。いま此処へ怪《あや》しい奴《やつ》を追い出したところでございます」

「怪しい奴……その男か」

「はい、麻売り商人だと申して、数日まえからこの街道をうろうろしておりましたが春日山のお城の模様などを訊《たず》ねまわるのがてっきり諜者《ちようじや》とにらみましたので」

「いや、いや、ち、ちがいます」

旅の男はけんめいに叫んだ。

「私は近江《おうみ》の麻売りで、この土地へまいったのは初めてですが小栗《おぐり》へはちょくちょく商売に来ています。決して諜者などという怪しい者ではございません」

「よしよし、騒ぐには及ばぬ」

通胤はじっと男の様子を見やりながら、

「諜者であるかないかはしらべてみればわかることだ、前へ出ろ」

五

「決して、決して怪しい者ではございません。どうかおゆるしを願います」

「怪しいとは申さぬ。しらべるだけだから前へ出ろというのだ」

「はい、はい、私はこの通り」

と云って前へ出るとみた刹那《せつな》、男の右手にぎらりと刃《やいば》が光り、体ごとだっと通胤へ突っかけて来た。みんな思わずあっと云った。まさに虚《きょ》をつく一刀である。しかし極めて僅《わず》かなところで刃は、躱《か》わされた。そして通胤が、右へひらきながら抜き打ちに浴びせた一刀は、逆に男の背筋をしたたかに斬《き》り放し、かえす太刀で太腿《ふともも》を薙《な》いでいた。

男は悲鳴をあげながら顚倒《てんとう》した。そして地上に倒れながら、片手を自分の髪のなかへいれ、白い紙片のようなものをひきだすと、それをずたずたに裂《さ》いて捨て、そのまがくっとのめってしまった。

通胤はとっさに走《は》せ寄り、男の裂き捨てた紙片を拾うと、人々から離れて、道ばたの杉の巨木の蔭《かげ》へはいり、手早く紙片をつぎ合せてみた。瀕死《ひんし》の手で裂いたのだから、つぎ合せるのにひまはかからなかった。かれは夕闇《ゆうやみ》のなかで、紙片に書いてある文字を走り読みしたが、にわかに顔色を変え、低く、口のなかであっと叫んだ。かれは卒然とふりかえり、

「藤七郎、その男はまだ息はあるか」

「いえ、もう絶息しております」

「しまった」

通胤は呻《うめ》くように云ったが、

「よし、おれは城へ戻る。おまえはあとの始末をしてこい」

そう云うとひとしく、通胤は馬へとび乗っていっさんに城下のほうへ駆け戻って行った。

父は屋敷へさがったところだった。通胤が庭から広縁へまわると、清胤はちょうど

居間へはいろうとしていた。かれはつかつかと近寄って、声をひそめながら、「一大事でございます」と云った。清胤はぎらりと眼をふり向けたが、わが子のさしだす紙片をみると、黙って受け取って部屋へはいった。

燈火《とうか》の下に置かれた紙片には、左のような文言がしたためてあった。

（——予《かね》て申合せし如《ごと》く、尾越《おごし》どの旗挙《はたあ》げの儀はかたく心得申し候《そうろう》、援軍ならびに武具の類、当月下旬までに送り届け申すべく候、そのほか密計の条々《じょうじょう》相違あるまじく、懇《ねんご》ろに存じ候、小田原《おだわら》）

「尾越どの」とは上杉輝虎の義兄にあたる長尾義景《よしかげ》のことで、げんざい尾越の城主として上杉家一方の勢力をにぎっている。「小田原」というのは北条氏実《ほうじょううじざね》にちがいない。すなわち文面は北条氏と長尾義景とのあいだに交わされた密書で、義景の謀叛《むほん》を北条氏が援《たす》ける意味のものである。

「父上……その密書いかが思《おぼ》し召《め》しますか」

通胤は走田での出来事を手短かに語りながら、父の眼色をじっと瞶《みつ》めた。……清胤は黙ってその紙片に燭《しょく》の火をうつすと、燃えあがる火を見ながらしずかに云った。

「この書面、そのほうのほかに見た者があるか」

「読んだのはわたくしだけでございます」

「そうか」

清胤はふかく頷《うなず》き、やがてしずかな低い調子で云った。

「尾越どのと小田原との密書が、わしの手にはいったのはこれで三度めだ」

「三度めと仰せられますか」

「小田原北条の死間《しかん》（わざと斬られる間者）のたくみか、それともまことに尾越どのにご謀叛の企《くわだ》てがあるか、殿このたびの御出馬直前より、しばしばかような密書が手に入る……もし北条の死間のわざとすれば、上杉一族離反のたくみにかかわるもとい、また尾越どの謀叛とすれば、殿お留守の間が大切、……いずれにしても世間に知れてはならぬゆえ、今日までわし一人の胸にたたんで出来るだけの事をして来た」

「父上……」

「矢代川の荒地を起す必要はなかった。ただ尾越どのの不意討ちがある万一の場合の備えだった。貯蔵米を召しあげたのも、女子供も城中にとどめてあるのも、みなその万一の場合の備えだったのだ」

清胤は低く息をひきながら云った。

「その仔細《しさい》を話せば、誰も不平を云うものはなかったであろう、……しかし、この理由を云えば御一族のあいだが離反する、家臣の心が動揺する。人心を動揺させず、なお万一に備えるために、つねづね不評なわしが留守をお受けし、専横の名にかくれて、大事を守らねばならなかったのだ」

「父上、……申しわけございません」

通胤は崩れるように庭へ坐《すわ》り、せきあげる涙と共に云った。

「通胤は愚者でございました。お赦《ゆる》し下さい父上、どうぞお赦し下さいまし」

清胤はじっとわが子のせきあげる声を聞いていた。ながいこと相離れていた父と子の心が、いまこそ紙一重《かみひとえ》の阻《はば》むものもなく、ぴったりと互いに触れあうのを感じた。

「わかればよい、それでよいのだ」

「……………」

「明日にでも石川へまいって、縁談破約をとり消してまいるか」

「はい、いまさらお詫《わ》びの申しようがございません」

「詫びるには及ばぬ。これからもまだまだ父の悪評を忍ばなければならぬのだ、……殿の御凱陣《ごがいじん》まではな」

もはやいかなる悪評を怖《おそ》れようぞ。通胤の前には光に満ちた道がひらけた。たとえ世人から罵詈讒謗《ばりざんぼう》をあびようとも、千坂父子《おやこ》のまごころは弓矢神こそみそなわすであろう。

「父上、通胤は明日石川どのへまいります」

かれはそう云って高く額をあげ、力強く立上がった。

石ころ

一

ああ高坂の権之丞《ごんのじょう》さまがお通りなさる、また裏打の大口《おおくち》を召しておいでですね、あの方のは大紋うつしでいつも伊達《だて》にお拵《こしら》えなさるけれど、お色が白くてお身細ですから華奢《わしゃ》にみえますこと。お伴《つ》れは三枝勘解由《さえぐさかげゆ》さまの御二男ですわ、お名はなんと仰《おっ》しゃったかしら。それは紀久《のりひさ》さまがご存じでございましょう。まあ悪いことを仰しゃるわたくし存じあげは致しませんですよ、それよりごらんあそばせ小山田《おやまだ》さまの御老人が下腹巻《したはらまき》でいばっていらっしゃいますわ。まあお髪《ぐし》の眼だって白くおなりなすったこと……

晩秋の午後のひざしの明るい御隠居曲輪《ぐるわ》の縄屋《なわや》の縁《えん》さきに出て、十人あまりの若い娘たちがさいぜんからかしましく囁《ささや》き交《か》わしていた。すでに葉の散りつくした桜の樹間ごしに、壕《ほり》を隔《へだ》てて向うがわの道をお城から下って来る侍たちがうち伴れて通るのが見える。かの女《じょ》たちは今その人々を指しながら若い娘らしくそれぞれしなさだめに興じているのだった。松尾《まつお》はそのなかまから離れて、独《ひと》りでせっせと草鞋《わらじ》を作っていた。甲斐《かい》のくに古府城では、筋目ただしい家の娘たちが選《えら》まれて、代る代るお城へあがって草鞋を作ったり蓆《むしろ》を編んだりするならわしがあった。伝説によるとそれは、「信玄《しんげん》公の隠し草鞋」といって作りかたに特別な法があり、雪中を行軍するときなどその足跡によって軍の方向を敵に知られることのないように出来ている、それで筋目ただしい家の者が選まれて作るのだということだった。そうでないにしても年頃の娘たちに武者草鞋を作ったり軍用の蓆を編ませたりすることは、武家の女性としての鍛錬の意味だったことにまちがいはあるまい。それはまたかの女たちにとっても楽しいことのひとつだった。なぜかというと、武家の深窓《しんそう》に育てられてふだん世間に触れる機会がないから、おなじ年頃のものが集まって見たこと聞いたこと、経験したあれこれを語りあうことによって世の中のうつり変りも知り、少し不行儀だがそこからは登城下城の侍たちの往来が見えるので、いつの合戦にこれこれの手柄をたてたのはあの若武者だとか、どこそこの陣で大将首をあげたのはあの人だとか、とりどりのうわさ評判をし合うのも娘ごころには秘《ひめ》やかなよろこびのひとつだった。……そういうなかで松尾ひとりだけはいつもなかまはずれだった。どんな話の相手にもならず独りでせっせと仕事に没頭していた。もともとそういうざわめいたことの嫌いな性質だったのだが、容姿が人にすぐれて美しかったのと、父の秋山伯耆守《あきやまほうきのかみ》が侍大将として御しゅくん勝頼《かつより》公の御寵愛人《ごちようあい》だったのとで、ほかの娘たちからは驕慢《きようまん》のようにみられていた。……お父上さまの御威勢が高いから。ご縹緻《きりよう》自慢でいらっしゃるから。……そんな言葉がときどき耳にはいってくる、けれど松尾はそれさえ聞かぬふりをしていた、そういう蔭口《かげぐち》にはもう馴《な》れていたのである。

「あら今あそこへいらっしゃるのは多田《ただ》さまではございませんか、ご自分で馬の口を取っていらっしゃる方……」娘たちのひとりがそう云《い》うのを聞いて、松尾は思わず胸がどきっとした。

「ああそうでございます、多田さまでございますよ、どうなすったのでしょう、口取がうしろにいるのにご自分でお曳《ひ》きなすったりして」「それはなにしろ多田さまですからね」「戦場で兜首《かぶとくび》の代りに石を拾って来るほどの方ですものね」いかにも可笑《おか》しそうにみんなくすくすと笑いだした。それは決して悪意のあるものではなかった、けれど蔭口を面白くしようとする不必要な誇張が感じられた。松尾はまるで自分が嗤《わら》われているような恥ずかしい口惜《くちお》しい思いでわれ知らず頬《ほお》を熱くしながら云った。

「おやめあそばせ、よくも存じあげぬ方のことをそのように悪口なさるものではございませんわ」云ってしまってから自分でも驚いたほど烈《はげ》しい調子だった。娘たちは松尾の上気した頰や、涙を湛《たた》えた双眸《そうぼう》をみてびっくりした。そして自分たちのはしたなさに気づくよりも、にわかに新しい興味を唆《そそ》られたようすで、互いに眼を見交わしながら囁《ささや》きあった。

「悪口ではございませんわねえ」「だってわたくしたちは世間で云っていることを申しただけですわ、誰でも申しておりますものねえ」「でも……」松尾はそう云いかけたが娘たちの好奇の眼がいっせいに自分のほうへ集まるのを見ると、もうなにを云う気持もなく口を噤《つぐ》んでしまった。そして城をさがるまで、思わず云わでものことを口にした自分の軽率を後悔しつづけていた。

二

けれども松尾がそのとき云わでものことを云ったのは偶然ではなかった。多田という若侍の評判はこれまで数えきれぬほどたびたび聞いている。……かれは多田淡路守《あわじのかみ》の二男で名を新蔵《しんぞう》といい、二十五歳になる今日まで前後七たびも合戦に出ているが、一番乗り一番槍《やり》の功名はさて措《お》いて、まだ兜首ひとつの手柄もたてていない。行動が鈍重《どんじゅう》で目はしが利《き》かず、自分の名乗りもはきとはできない。そういうたぐいの、どちらかというと嘲笑《ちょうしょう》に満ちた評判ばかりだった。松尾はその人もよく知らず、評判のどこまでが真実かもわからなかったが、自分の身にひきくらべていつも秘《ひそ》かに同情の思いを唆られていた。——父親が権勢家だから驕《おご》っている。——縹緻自慢で人を侮《あなど》っている。自分に対するそういう蔭口が、本当の自分とはかかわりなしに人の口の端《は》にのぼる、それを聞くかなしい辛《つら》い気持がそのまま多田新蔵の上に思いやられ、「人は評判だけで判断してはならない」とつねづね身にしみて考えさせられていた。その思いがつい口を衝《つ》いて出たのである。「でも云ってはならなかった」その日、屋敷へ帰ってから、松尾は自分の言葉を改めて反省した、「口で云ってわかることではなかった。却《かえ》って、よしない噂の種になるかも知れなかったのに」そう思うだけでもやりきれない気持だった。そしてそれはやはり事実となった。

なにごともなく半月ほど経《た》って、朝々の野づらに白く霜のおりる季節となった或《あ》る夜、兄の万三郎《まんざぶろう》が来て、「父上がお召しなさる」といい、いっしょに父の居間へつれてゆかれた。去年の春に母が亡《な》くなってから、父は屋敷にいるときはいつも亡き妻のために千部経を写すのが習慣になっている。今もその写経をしていたとみえ、燭台《しょくだい》の脇には筆硯《ひっけん》や紙などの載《の》った経机が寄せてあった。兄もいっしょに、松尾がそこへ坐《すわ》ると、父はちょっと具合のわるそうな口調で云いだした。

「父の口からかようなことを申すのはいかがかと思うが、だいぶ世間の評判がうるさいので念のために訊《たず》ねる、おまえはこれまでに多田淡路《あわじ》の二男と、……なにか、文など往来したことでもあるか」松尾はびっくりして父を見あげた。父はまぶしそうに、濃い眉《まゆ》の下の眼を細めながら、まるで痛いものにでも触るような声音で続けた。「女親に息子をみることはできるが、男親に娘はみられないという、おまえにはうちあけて相談をする母がないから、いろいろと思い余ることがあって途方にくれる場合もあろう、もしもそういうことから不たしなみが出来たとすれば、その責のなかばは父が負うべきものだ、おまえだけを責めようとは思わない、ただ父として正直なことが聞きたい、……云ってごらん」

松尾はおとなしくしまいまで聞いていたが、父の言葉が終るとしずかに面をあげた。

「どのような評判をお聞きあそばしたかは存じませんけれど、わたくしには少しもそのような覚えはございません」「まちがいないか、この場だけの云い繕《つくろ》いではないのか」「決してさようなことはございません、けれども、もしかするとあらぬ噂が立ったかも知れないと思い当ることはございました」「それを云ってごらん」

松尾はいつぞや隠居曲輪であった事をあらまし語った。するとそれまで黙って聴いていた兄の万三郎が、「ばかなことを申したものだ」と腹立たしげに云った、「なんでまた多田の蔭口にかぎって咎《とが》めだてなどしたんだ、ほかの者ならとにかく、多田新蔵がどういう男かということはもう世評がきまっている、それをそのように云い庇《かば》えば、あらぬ噂がひろまるのはわかりきったことではないか」「はい、本当にかるはずみでございました、これからはきっと慎《つつし》みます」おとなしく低頭した松尾は、しかしすぐに父の顔をふり仰いで、「父上さま改めてお願いがございます」と云いだした、「松尾もいつかは嫁にまいるのでございましょうか」

あまり突然の問いで父親はちょっと返答に困った。

「それは云うまでもないが、どうして今そんなことを訊《たず》ねるのだ」

「もし嫁にまいるのでしたら、松尾は多田新蔵さまへまいりとうございます」

「ばかなことを申すな」万三郎がどなるように遮《さえぎ》った、「今あらぬ噂のたっている者とさようなことになれば、噂が事実だったと証拠だてるようなものではないか、まして多田新蔵などとはもってのほかのことだ」

「どうして多田さまでは悪うございましょうか」

「自分で考えてみろ、多田がどのような人間か古府じゅうで知らぬ者はないぞ」

「松尾は存じあげません」かなり強いまなざしで兄を見かえりながら、おちついたしずかな調子で松尾は云った、「たしかにお噂は聞いております、けれどそれはどこまでも人の噂にすぎません、松尾は世評や蔭口よりもその人をお信じ申したいと存じます」

三

「世評は根も葉もなしに弘《ひろ》まるものではない、おまえのは理屈でなければ、ことさらに異をたてようとしているのだ」

「兄上さまは松尾をそんな女とおぼしめしですか」

「もうよいぞ松尾」父親はなだめるように制止した、「おまえにも似合わぬ、兄に口ごたえなどをしてどうしたことだ、万三郎もやめい、この問題についてはおれに意見もあるが、今それを云うことは控える、松尾はもうさがってよいぞ」きっと唇を噛《か》みしめながら松尾はふかく面を垂《た》れた。万三郎は妹がこめかみのあたりを蒼白《あおじろ》くしているのに気づいて呆《あき》れたように見まもっていた。

それから四五日して、父親がふと松尾の部屋をおとずれた。常になく改まったようすで、娘の眼をじっとみつめながら、「先日あのように申したが、おまえ本当に多田の二男へとつぐ気があるのか」と云った。松尾は眼を伏せなかった。「はい本当にまいりたいと存じます」「かれの評判は承知のうえだな、あらぬ噂をたてられて意地で申すのではないだろうな」「さようなことは決してございません」「では訊ねるが、どうして特に多田を望むのか」「それは、……」云いかけて松尾はちょっと言葉を切った。そして本当の心の底にあるものを誤りなく云おうとするように、ひと言ずつはっきりと、けれど幾らか舌重《したおも》げに答えた。「さかしらだてのようではございますけれど、わたくしには多田さまが世間の評判とは違った方のように思われてなりません、七たびも出陣なすって兜首ひとつの手柄もおたてなさらぬ、それはあの方お一人ではないと存じます、ほかにもそういう方はいらっしゃると存じますのに、多田さまに限ってそれが評判になるのは、どこかしらお人がらに尋常ならぬものがあるからではないか、本当は世間の眼がそこへ届かぬためではないか……わたくしにはどうしてもそう思われてならないのです」

「それだけの根拠でおのれの一生を託《たく》そうというのは少し不たしかに思われるが」

「そうでございましょうか」松尾は微笑《ほほえみ》さえみせながら云った、「わたくしはゆくさきのお人よりも、却って自分にその値うちがあるかどうかを案じているのですけれど」

それはたしかだと父親も笑った。そして本当にそう望むなら自分にも少し考えがあるから、婚姻のはなしを纏《まと》めてみよう、そう云って立っていった。多田家は美濃《みの》のくにから出て武田《たけだ》氏に仕《つか》えたものだったし、秋山は譜代の重臣だったから縁談はなんの故障もなく纏まった。そしてその月のうちに新蔵は別に屋敷を貰《もら》い、そこで祝言《しゅうげん》の式があげられた。……なにかと風評のあった二人の結婚はかなり人々をおどろかしたが、そうきまってしまえばあたりまえな話で、案じていたほどうるさい口も聞かずに済み、その年も暮れて天正《てんしょう》二年（一五七四）を迎えた。

新蔵は無口な男だった。中肉中背のからだつきも、おっとりとした顔だちも、挙措《きょそ》動作も、すべてがきわめて平凡である。「尋常ならぬものがあるに違いない」そう信じて来た松尾は、その平凡さの蔭にかくれたものをみつけだそうとしてずいぶん注意していたが、三十日、五十日と経ってもなんのひらめきもみいだせなかった。寧《むし》ろいろいろと世評を裏づけることばかりが眼につくのである。或る日の午《ひる》さがりだったが、良人《おっと》の居間の掃除にいったとき、上段に飾ってある鎧《よろい》のそばに白木の手箱のようなものが置いてあるのをふとみつけた。なにごころなくあけてみると、中には綿を敷いて大切そうに石ころが五つ六つ入れてあった。――なんの石だろう。松尾はいぶかしく思ってよく見なおした。しかしどう見なおしても唯《ただ》の石ころだった。それも特に色が美しいとか形が珍しいとかいうのではなく、いくらも路傍《ろぼう》にころげている種類の、なんの奇もない石である。ただその一つ一つに小さな字でなにか書いてあるので、松尾はそっと手に取ってみた。するといつかうしろへ来ていた良人の新蔵が、「ああそれは遠江《とおとうみ》の二股城《ふたまたじよう》の石だよ」と教えてくれた。松尾はびっくりしてふり返った、新蔵は微笑しながらそばへ寄って、「これは駿河《するが》の田中城《たなかじよう》の石だ、これは美濃の明智《あけち》、これは三河《みかわ》の鳳来寺《ほうらいじ》のものだ」「では……本当だったのでございますね」いつか隠居曲輪で耳にした噂を思いだしながら、松尾はいくらか非難するように訊《き》きかえした。「戦場から石を拾っていらっしゃるというお噂は、わたくし根もない蔭口だと存じておりましたけれど……」

「いやこのとおり本当だよ」新蔵は平然と微笑していた。

四

松尾は良人の眼を見まもりながら、どういう意味でこのように戦場から石を拾っておいでになるのかと訊いた。

「かくべつどういう意味ということもないな」新蔵は遠くを見るような眼をした、「云ってみれば命を賭《と》して闘った戦場の記念にという気持もある、だが、そういうことは別にしておれは石が好きなんだ、石といってもこういうありふれた凡々たる石がね、……世の中には翡翠《ひすい》とか、瑪瑙《めのう》とか、紅玉《こうぎょく》とか水晶とか、玉髄《ぎょくずい》とかいって貴顕富《きけんぷ》家《か》に珍蔵される石もある、また姿の珍しさ色の微妙さを愛されて、庭を飾ったり置物にされたりする石もある、むろんそういう石にはそれだけの徳があるのだろう、けれども、見てごらん」かれは小石の一つを手に取り、妻に示しながらゆっくりと続けて云った。

「こんなのは何処《どこ》にでもころげている、いたるところの道傍《みちばた》にいくらでもある、形も色も平々凡々でなんの奇もない、しかしよく見るとこいつは実になんともいえずつつましやかだ、みせびらかしもないし気取りもない、人に踏まれ馬に蹴《け》られてもおとなしく黙ってころげている、あるがままにそっくり自分を投げだしている、おれはこの素朴《そぼく》さがたまらなく好きなんだ」

「それはそうでございましょうけれど、ただ素朴だというだけでは、いくら石でも有る甲斐《かい》がないのではございませんか」

「そう思うかね」新蔵は穏《おだ》やかに妻を見やった、「しかしこれはこれで案外やくに立つのだよ、道普請《みちぶしん》にも家を建てるにも、また城を築くのにも、土を締め土台石の下をかためるためには、こういう石は無くてはならないものだ、……城塁の下にも、家の下にも、道にも石垣にも、人の眼にはつかないがこういう石が隅々《すみずみ》にじっと頑張《がんば》っている、決して有る甲斐がないというようなものではないんだよ」そしてかれは掌《たなごころ》に載せた石をつくづくと見まもりながら、愛着の籠《こも》った調子で呟《つぶや》くように云った、「おれはこの素朴さを学びたいと思うよ」

松尾には良人の気持がおぼろげながらわかるように思えた。世評はあながち誤ってはいなかった。良人が石の素朴さを愛するというのはその為人《ひととなり》である、「尋常ならぬものがある」と信じたのは自分の思いすごしだった。良人は噂どおり平凡な人だったのだ。松尾はだんだんとそれを承認するようになったのである。……兄は来なかったが、父の秋山伯耆はおりおり訪ねて来た。

「どうだ、うまくいっているか」「はい仕合《しあわ》せにくらしております」そういう問答のなかに、新蔵に対するむすめの失望がうかがわれた。けれども父親はそれに就いてはなにも云わず、「それは重畳《ちょうじょう》だ、よくつとめなければならんぞ」とさとすだけだった。

その年の五月、ごしゅくん武田勝頼は二万余騎の兵をひきいて甲斐を出馬し、徳川《とくがわ》氏の支城である高天神《たかてんじん》を攻めた。高天神は遠江のくに小笠郡《おがさぐん》にあり、小笠原与八郎長《おがさわらよはちろうなが》忠《ただ》を城主とし、大河内源三郎《おおこうちげんざぶろう》を徳川氏の監軍として固く守っていた。……この軍には多田新蔵も出陣したし、松尾の兄の秋山万三郎も加わっていた。勝頼が二万余の大軍を動かしたのは高天神だけがめあてではなかった、しだいによってはそのまま三河まで侵入し、徳川の本領まで席巻《せっけん》しようという計画をもっていたのである。五月三日に甲斐を発した武田軍はおなじ七日に相良《さがら》へ本陣を布《し》き、十二日を期して攻撃をはじめた。勝頼は父の信玄がまだ在世だった元亀《げんき》二年（一五七一）に、いちどこの城を攻めたことがある。そのときは失敗したが、こんどはその経験を生かす必至の策をもっていた。すなわち穴山伊豆守《あなやまいずのかみ》（梅雪《ばいせつ》）をして攻城主将とし、馬場《ばば》、山県《やまがた》らを徳川氏の援軍に備えさせ、自分は本陣にあって総指揮をとる、つまり高天神の攻略といっしょに、あわよくば徳川氏本領への侵入を決行する両面の策戦をもって臨んだのだ。……急報によって徳川氏はすぐ兵馬を発した。けれども物見の報告によると武田軍の配置はひじょうに堅固である。家康ははやくも勝頼の意のあるところを察してにわかに進まず、織田信長へ使者を遣《や》って援軍を求めた。

家康《いえやす》がこちらの軍配を察して慎重に織徳《しょくとく》連合の策をたてたということを知ると、勝頼は三河への侵入を断念して高天神攻略に全力を集め、六月十日総攻めの命を発した。秋山万三郎は高坂弾正《こうさかだんじょう》（虎綱《とらつな》）の麾下《きか》にあって下平川《しもひらがわ》口の外塁《そとるい》の攻撃に当った。戦《いくさ》は夜明けに始まり、烈《はげ》しい矢だまの応酬から肉迫戦に移った。午《ひる》すこし前であったろうか、万三郎が敵の猛烈な集中射撃に遭《あ》って、手兵五十余騎といったん窪地《くぼち》へ退避したとき、すぐ脇のところをまっしぐらに前進してゆく一隊の兵を見た。徒士《かち》二十人ばかりが横列になり、先頭に抜刀をふりかざした若武者が指揮していた。かれらは黙っていた、みんな槍《やり》をぴたりと脇につけ、足並を揃《そろ》えて犇々《ひしひし》と進んでいった。篠《しの》つくばかりの矢だまのなかを、まるで武者押《むしゃおし》（練兵）でもするもののように面もふらず前進し、やがて指揮者が刀をひと振りするとみるや、脱兎《だっと》の如《ごと》く敵の塁壁へと取り付いた。

五

万三郎はあっと叫んだ。その一隊の先頭に立って指揮していたのは多田新蔵だった。兜にかくれて顔は見えなかったが、鎧具足《よろいぐそく》にもみおぼえがあるし、差物《さしもの》は紺地《こんじ》四半に白抜きの竜でまぎれはない。――新蔵が先を乗るぞ。そう気づいたおどろきは譬《たと》えようもなかった。かれはわれを忘れて窪地をとびだし、「斬り込め」と絶叫しながら敵塁へ迫った。

砦《とりで》の一角が崩れた、敵は弓鉄砲を捨て、刀を抜き槍をふるって押し返し戦った。万三郎はむにむさんに斬り込んだが、ふと見ると多田新蔵がひとりの鎧武者と刃を合わせている。「木暮《こぐれ》弾正」と相手の名乗るのが聞えた。それはその塁の副将である、多田などの相手ではないと思って万三郎が駆けつけようとすると、新蔵はつぶての如く襲いかかって相手の脇壺《わきつぼ》を刺した。万三郎の眼には新蔵の右手が大きく動き、きらりと刃が光るとみえただけだった。木暮弾正は横ざまにどっと倒れた。――おお新蔵がやった。かれは思わず呻《うめ》きごえをあげながら駆けつけた、しかし新蔵はもう向うへ走りだしていた。いま刺し止めた敵はそのままである、しるしをあげようともせず「討った」と名乗りもしない。倒れた敵を踏み越えてそのまま前へと斬り込んでいった。

「おい多田、しるしをあげてゆかぬか」

万三郎はけんめいに呼びかけた。新蔵はふり向きもしなかったが倒れていた木暮弾正がむっくと半身を起こした。それで万三郎は駆け寄りさま押し伏せ、そのしるしをあげた。

「あっぱれ秋山どのお手柄」

そう呼びかける声がしたので、見ると、山県善右衛門《ぜんえもん》が走ってゆく。いや違うこれは多田がと云おうとしたが、善右衛門はもう遠く去っていた。万三郎ははげしく舌打をし、弾正のしるしを郎党に持たせて再び敵中へ斬り込んでいった。

その日の合戦で万三郎はおなじようなことを三度まで見た。二度めは中村《なかむら》の柵《さく》の内、三度めは寺部《てらべ》の出丸《でまる》で、そして三度とも木暮弾正を討ったのとおなじ方法だった。多田新蔵はまっしぐらに強敵へ襲いかかる、喉輪《のどわ》か脇壺か、または草摺《くさずり》はずれを刺し通して相手を倒すと、そのまま見向きもせずに次の強敵に向って斬り込んでゆく、いま自分の討った相手がどんな高名な部将であろうとも、決して首級をあげようとはしないし、「討った」と名乗りもしない、当の相手を倒すとそれなりまた強敵を求めて前へ前へと突進するだけだった。——どういうつもりだろう、乱暴で逆上したのか、それとも……それともなにか思案があるのだろうか、万三郎はいろいろ考えてみたが見当がつかず、ふしぎな戦いぶりをするやつだという訝《いぶか》しさだけが頭に残ったのであった。……かくてその日の昏《く》れがたには外廓《がいかく》の諸塁がことごとく陥落し、まったくはだか城となった高天神をとり囲んで武田軍は包囲の陣を布いた。

はげしい攻防の一日が暮れて夜になった。万三郎は勝頼の旗本にいる多田新蔵をたずねていった。新蔵は篝火《かがりび》のそばに楯《たて》を敷き、その上に坐《すわ》ってなにかしきりに小さな物を磨《みが》いていた。万三郎は声をかけてその前に坐り、じっと相手の眼をみまもった。

「今日はお手柄だったな、下平川口の砦で木暮弾正を討ち取るところを拝見したよ」

「木暮弾正だって」新蔵は眼をしばしばさせた、「おれはそんな者は知らないがね」

「なぜ隠すんだ、おれはこの眼で見た、貴公がこう太刀をあげて、弾正の脇壺をみごとに刺し通したところを、……いい、しるしはおれがあげたが討ち取ったのは貴公だ」

「おれは知らないね」新蔵はとんでもないといいたげに頭を振った、「乱軍のなかだから見違えたのだろう、まるで覚えのないことだよ」

「いや知らぬ筈《はず》はない、寺部でも中村の柵でも鎧武者を討ち取るのを見た、おれのこの眼で見た、たしかに見たんだ、どうして貴公が隠そうとするのかおれにはわからない、どうしてだ」

「どうしてと云って、知らぬものは知らぬというほかにないじゃないか」新蔵は布切れでなにか磨きながらそう云った、「ここでそんな口論をやってもしようがない、誰が誰を討ったかということは功名帳に記してある筈だ、功名帳をみればはっきりわかることだよ」そう云ってかれは磨きあげた物を掌の上に載せ、篝火の光りにすかしてうっとりと見まもるのだった。掌の上に載せられたのは小さな石だった、かれは万三郎の眼がその石に注《そそ》がれたのに気づくと、ふり返ってにっと微笑しながら云った。

「これがおれのたのしみでね」

六

「これがおれのたのしみでね、そう申した眼つきは実に平安なものでした、これが半刻《とき》まえまで戦塵《せんじん》を浴びて馳駆《ちく》した人間かと疑われるほど、のどかな、むしろ縹渺《ひょうびょう》たる感じでした」万三郎はそう云って、改めて父の顔を見まもりながら、「そしてついに多田は本心を明かしませんでした、当人が知らぬというえに山県善右衛門までが証人に出たので、木暮弾正を討った手柄は結局わたくしのものになってしまいました、それ以上に事実を主張しますと、却《かえ》って妙な疑いを受けそうにさえなったのです」

「妙な疑いとはどのようなことだ」

「わたくしが故意に義弟へ功名をゆずるのではないか、あからさまにそう申した者もあるくらいです」

「なるほど、そういう見かたもある」

「しかし弾正を討ったのは事実かれでした、弾正ひとりではありません、わたくしが見ただけでもほかに二人鎧武者を仕止めています、おそらくその二人も、木暮弾正がわたくしの手柄として記《しる》されたように、誰かほかの者の手柄として功名帳に記されたことでしょう、そして、……当の多田新蔵はこんども兜首ひとつの手柄も記されずにしまったのです、いったいこれはどういうわけでしょうか」

高天神の城は敵の主将小笠原長忠の降伏によって陥《お》ち、六月十七日に開城した。そして勝頼は岡部丹波守《おかべたんばのかみ》と横田伊松《よこたただとし》に旗本の士を加えた三千余の兵を駐《と》め、いったん甲斐のくにへと凱旋《がいせん》した。……多田新蔵よりひと足さきに甲府へ帰った万三郎は、なによりもさきに新蔵のふしぎな戦いぶりを父に語ったのである。その座には妹の松尾もいた、かの女は兄の凱旋を祝いに来て、はからずも良人《おっと》の戦いぶりを聞いたのだった。

「なぜかという、その理由がおまえにわからないのは当然だ」伯耆《ほうき》がしずかに口を切った、「この父も、かつて多田新蔵といっしょに四たび戦場へ出ている、そしておまえの見たとおりの事実をなんどもこの眼で見た」

「父上もですか、父上もごらんなすったのですか」

「新蔵はまっすぐに強敵へ挑みかかる、そして討ち倒せばそれなり跳《おど》り越えて前へ突っ込む、相手がどのような名高い者でも見向きもしない、その首ひとつが千貫《せんかん》の手柄になる相手でも、討ち伏せてしまえば未練もなく次ぎへと突進する、おれはいくたびかそれを見た、……そして戦が終って功名帳がしらべられると、かれには兜首ひとつの手柄も記されていない、誰某《だれがし》を討ったのは多田ではないか、そう云う者があっても当人は知らぬというし、乱軍のなかのことではあるし、首級をあげた者はすでに名乗っているので、そのままおちついてしまうのが例だった」秋山伯耆はふと眼を閉じ、当時を回想するのであろうかしばらく黙っていたが、やがてまたしずかに続けた、「世間はなにも知らずにかれを笑う、動作が鈍《にぶ》いとか、名乗りもはきとはできぬとか、……事実はいま話したとおり、人にぬきんでた手柄をたてているのだ、しかも世間がどんなに嘲笑《ちょうしょう》しようとも、当の新蔵はひと言の弁明もせず黙ってその嘲笑をうけている、……どういうつもりだろう、おれにはしかしやがて合点がいった」

松尾は全身を耳にして、一語も聞きのがすまいと父の口許《くちもと》を見まもっていた。

「そもそも合戦とは敵をうち負かすのが根本だ、戦いは勝たなくてはならん、勝つためには一人でも多くの敵を斃《たお》すのが戦う者の最上の心得だ、いかに兜首の手柄が多くとも戦に負けては意味がない、肝心なのは勝つことだ、勝つために一人でも多く敵を討つことだ、……新蔵はその心得で戦っている、一番槍も大将首も問題ではない、一人でも多く強敵を討って合戦に勝とうとする、それだけだ。他人がなんと誹《そし》ろうとも自分のことはかれ自身がよく知っている、かれこそまことの戦士というべきなのだ」

万三郎は頭を垂れ、両手でかたく膝頭《ひざがしら》を摑《つか》んでいた。伯耆はむすめをかえりみた。

「おまえは多田へ嫁《か》していくらか失望したようだったな、おれには察しがついていた、けれども多田の真のねうちはやがてわかるだろう、わかるときが来るに違いないと思ったからなにも云わなかった、……名も求めず、立身栄達も求めず、ただひとりの戦士として黙々としておのれの信ずる道を生きる、多田新蔵はそういうもののふなのだ、わかるか」

松尾は胸をひき裂かれるように感じた。いつぞや良人が石の素朴について語ったとき、良人の本心をつきとめたように考えた、やっぱり世評どおりの人だったと思った。なんと浅薄《せんぱく》な独りよがりな考えだったろう。世間の風評を嗤《わら》いながら、自分も良人の真実をみつけることができなかったのだ。――申しわけがございません、あさはかな松尾をおゆるし下さいまし。父の家を辞して屋敷へ帰るまで、松尾は心のなかでそう叫びつづけていた。そして屋敷へ帰り着くとすぐに、いつかの手箱をとりだして来て蓋《ふた》をはらった。……そこにはまえのとおり綿を敷いて、幾つかの小石がはいっていた、形も色も平凡な、なんの奇もない路傍の石である。じっと見ていると、「おれはこんなのが堪《たま》らなく好きだ」という良人の声が聞えるようだった。

「あなた、……おりっぱでございます」そう呟きながら、松尾はたえかねてくくと噎《むせ》びあげた……やがて良人が凱旋すれば、そこにまた石が一つ殖《ふ》えることだろう。人には見えないが多くの功名と手柄を象徴する平凡な一つの石が……。

夏草戦記

一

慶長《けいちょう》五年（一六〇〇）六月のある日の昏《く》れがたに、岩代《いわしろ》のくに白河郡《しらかわぐん》の東をはしる山峡《やまかい》のけわしい道を越えてきた一隊百二十余人のみしらぬ武者たちが竹置《たけぬき》という小さな谷あいの部落へはいって野営をした。……かれらは馬標《うまじるし》も立てず、旗さし物もかかげていなかった。みんな頭から灰をかぶったように埃《ほこり》まみれで、誰の顔にも汗の条《すじ》が塩になって乾《かわ》いていた。疲れきっているとみえてむだ口をきく者もなく、部落へはいるなりぱたぱたと地面へからだを投げだす者が多かった。部将は三十二三になる眼のするどい小柄で精悍《せいかん》そうなからだつきの男だったが、村へ着くとすぐ二人の副将をつれて村長《むらおさ》の家をおとずれた、そしてそこを宿所にきめ、各隊の番がしらを呼び集めて野営の命令をだした。

隊士たちは静粛に列を解《と》いた、甲冑《かっちゅう》や具足《ぐそく》をとり草鞋《わらじ》をぬいで、谷川の畔《ほと》りや噴き井のまわりへ汗を拭《ふ》きに集まった。そこにも此処《ここ》にもたくましい裸が往《ゆ》き交《か》い、水音がこころよくあたりにひろがったが、やっぱりむだな話しごえはどこにもおこらなかった。荷駄《にだ》を曳《ひ》いて来た二十余人の足軽たちは三ヵ所にわかれて兵粮《ひょうろう》をつくり、それを手ばやく各隊へ配ってまわった。日没のはやい谷峡《たにかい》はもうすっかり昏《く》れて、空には星がきらめきだしていた、風のないむしむしする宵だった。蚊の群れが八方から寄ってくるなかで、武者たちは笑いごえもたてず兵粮をつかった、湯を啜《すす》るにも音を忍ばせるし、隣りの者と話をするのも声をひそめた、「済んだ者は腰兵粮をわけるから荷駄へ集まれ」そう伝えてまわる使番の声もどこかしら押えつけたように低かった。そしてすっかり終ると、かれらは黙々として鎧《よろい》や具足をつけ、新しい草鞋をとりだして穿《は》いた、銃隊は火縄をかけ、槍隊《やりたい》は差したばかりの鞘《さや》をはねた、こうして今にも合戦を始めそうな支度をしてから、はじめてかれらは思い思いの場所で横になった。……このあいだに十人の兵が、部落のまわりへ立番（立哨《りっしょう》）のために出てゆき、また副将のひとり相良官兵衛《さがらかんべえ》が二十余人の兵をひきいて、先鋒隊《せんぽうたい》として夜道へ向って進発していった。すべてが手ばしこい順序と、ひきしまった沈黙のうちにおこなわれたので、つい隣りの村の住民たちでさえ、これだけの兵が野営をしているとは気づかずにしまったくらいであった。

竹置の部落はひっそりと夜を迎えた、平常と少しも変らない静かな夜だった、露をむすびはじめた叢《くさむら》のそこ此処から涌《わ》きあがってくるように虫の音が冴《さ》え、おちこちの森で鳴く梟《ふくろう》のこえがきみのわるいほどはっきりと谷に木魂《こだま》した。しかし時刻はまだそれほどおそくはなかった。かなり更《ふ》けたと思われるのに、谷あいの下のほうで十時《四つ》を打つ寺の鐘がきこえて来た、そしてその余韻《よいん》がしずかに尾をひいて消えてしまうと、村長の家からそっと部将が出てきた、うしろは残った副将のひとりが、がんどう提燈《ぢょうちん》を持ってついていた。

「今日はえらかったとみえてみんなよく眠っているな」あちらに一団こちらに一団とぐっすり眠っている兵たちを見まわりながら、部将は低いこえでそう呟《つぶや》いた。

「あの峠《とうげ》で精をだしきりました」副将はときどきがんどう提燈で寝ている兵たちを照しだした。

「荷駄がどうかと案じましたが、今日の峠越えがあれで済めばあとは大丈夫でしょう」

部将はひどい蚊だなと云《い》いつつ、木下闇《このしたやみ》の道を拾うようにして、部落の東の端のほうまで出ていった。立番の哨戒《しょうかい》はきびしく守られていた、かれらは二人が近づいてゆくと、樹蔭《こかげ》の闇からするどく誰何《すいか》した、闇のなかで、持っている銃の火縄がちらちら

と動いた。部将はその一人ひとりに労《ねぎら》いの言葉をかけた、

「眠いのにご苦労だな、知ってのとおりわれわれは覘《ねら》われている、立番の役は全隊士の命を預かっているのも同様だ、掟《おきて》を忘れずしっかり守ってくれ」

「そのほう掟の条目を知っているだろうな」副将がそばから云った、「覚えておるとおり申してみい」

「はっ、立番を仰付《おおせつ》けられたる者は」と暗がりのなかで番士はかたちを正しながら、低いけれど力の籠《こも》った調子で答えた、「許しなくしてその持場を動くべからず、万一その掟に触れたる者は、仔細《しさい》を問わず死罪たるべきこと」

「……よし、仔細を問わずということを忘れるな、たのむぞ」そして二人はまた他の方へとまわっていった。

立番の者に会うごとにおなじ問答が繰り返されたが、それはいかにもこの一隊の危険なことを示しているものだった。こうして二人が部落の南のはずれへまわっていったときである、狭い桑畑のつづく闇のかなたで、

「待て、誰だ、動くな」という誰何のこえが聞え、ぱたぱたと人の走る足音がした。

「……なんだ」部将が足をとめた。

「夜襲でしょうか」うしろにいた副将がそう云いながら前へ出た。しかし物音はそれ

つきり絶えて、こんどはなにやら訴えるような若い女のこえが微《かす》かに聞えてきた、

「ちょっとみてまいります」そう云って副将が走っていった。

部将は道の上にじっと耳を澄ましていた。身のまわりは虫の音でいっぱいだった、寝鳥でも立つのであろう、左がわの叢林《そうりん》の奥で、ときおりばたばたと翼の音がするほか、あたりはひっそりと夜のしじまに包まれていた。間もなく副将が戻って来た、かれは肩と腰に包物《つつみもの》を結びつけた農家風の若い娘をひとりともなっていた。

「お旗がしらにお会いしたいと申しますのでめし連れてまいりました」

「おれに会いたい、……なに者だ」

「わたくしは初《はつ》と申します」娘はまだ震えのとまらぬ声で云った、「三日まえに棚倉《たなくら》の在で、御家来のお世話になりましたので、それと、少しおたのみ申したいことがございましたので……」

「おまえ独《ひと》りなのか、伴《つ》れはないのか」

はいと云う娘のようすをみて、敵の探索ではないと認めたのであろう、部将はうなずいて、ではこちらへまいれと云って宿所のほうへ戻っていった。

二

かなり疲れてもいるし空腹でもあるようだったので、宿所へつれて戻るとすぐに汗をぬぐわせ、また家の者に命じて食事をさせた。かの女は十七歳くらいの眉《まゆ》のはっきりした眼の大きな顔だちで、からだは成熟しかかっているのに人を見る表情はまだまるで少女らしい、その年ごろの娘によくみかけるようすの娘だった。言葉に訛《なまり》があるのでたずねると陸前《りくぜん》のくに柴田《しばた》の生れで、これからそこへ帰る途中だということだった。

「それで、どうしてここまでたずねて来たのか」食事がすんでから、蚊いぶしの煙のゆらめく端近《はしぢか》に坐《すわ》って、部将はしずかに娘のはなしを促した。

初はまるい膝《ひざ》の上にきちんと手を揃《そろ》え、つつましく眼を伏せて語りだした、年のわりにしては気性のしっかりした生れつきとみえ、むだの少ない要領を得たはなしぶりであった。……かの女は下野《しもつけ》のくに大田原《おおたわら》の麻商人をしている叔父の家に、三年まえから手つだい奉公をしていた。それがこの夏のはじめころ、上杉景勝《うえすぎかげかつ》と徳川家康《とくがわいえやす》とのあいだに戦《いくさ》がはじまるという噂《うわさ》がひろまり、いよいよ危ういようすにみえるので、故郷の柴田から父親が心配して迎えに来た、叔父も帰ったほうがよいと云うので、すぐに支度をして父といっしょに出立したが、そのときはもう白河口は通行がむつかしくなっていたから、磐城《いわき》をまわってゆくつもりで棚倉へさしかかった。おりあしく夜道になってしまい、宿を捜しているところへ、いきなり浮浪の野武士たちが出て来て父娘《おやこ》をとりかこんだ、

「わたくしを庇《かば》おうとした父はすぐうち倒されてしまいました」娘はそのときの恐怖を思いかえすように、肩をすくめながら云った、「わたくしもうだめだと存じました、ひとりの手が肩へかかったとき舌を噛《か》切《み》ろうと致しました、そのとき御家来の方が来あわせて助けてくだすったのです。……父は頭と背中にひどい怪我《けが》をしておりました。御家来の方はその手当をしてくださいましたうえ、なおお持ちになっていたお薬をも置いていってくださいましたが、父は年もとっていますしからだも弱っていましたためか、その夜明けちかくにはかなくなってしまいました」

娘は朝になるのを待って、附近の農家の者に助力をたのんだ。人々はすぐに集まって来てくれた、寺から僧も来た、そして見知らぬ土地とは思えない心の籠った茶毘《だび》がおこなわれて、父親は一片の骨となった。

「あの包みが父の遺骨でございます」初はそっと眼がしらを押えながらつづけた、

「その村の人たちはしきりにひき留めてくれましたけれど、わたくしは一日も早く故郷へ帰りたいと存じまして、ふり切るようにして立って来たのでございます」

「それはまことにきのどくなことだ」部将はいたましそうになんどもうなずいたが、「しかし故郷へ帰るのに、どうしてこんなところまで追って来たのか」

「はいそれは」云いかけて娘はしばらく口籠るようすだったが、すぐ思いきったという調子で、「それはあの、助けて頂いた御家来の方にお会い申して、そのときのお礼やら、父の最期《さいご》のもようをお話し申上げたいと存じました、そしてそのうえで、もしおゆるしがかないましたなら、御荷駄のあとに跟《つ》いてゆかせて頂けますようお願い申したいと存じまして……」

陸前までの道は遠く、ましてこの騒ぎのなかを娘ひとりの旅は無謀というよりほかにない、兵たちといっしょなら大丈夫と考えた気持は尤《もっと》もであるし、身の上の哀れさはつよく部将の心をうごかした。けれどもこちらの事情はもっときびしく、危険はさらに大きい、到底むすめの足などでついてゆける道次ではないのである。

「そのときの隊士の名は知っておるのか」

「はい、……三瀬《みつせ》新九郎《しんくろう》さまとうかがいました」

「ああ三瀬か」思い当るとみえて部将はふりかえった、「ちょっと三瀬を呼んで来てくれ」

「あれは此処にはおりません」脇《わき》にいた副将が答えた、「相良の尖鋒隊《せんぽうたい》に加わっても う出発いたしました」

そうかと部将は残念そうにうなずいた、娘の初は不安そうにこちらを見あげていた。

「いま聞くとおりだ、その者はもう此処にはいない、尖鋒隊というものに加わってさきへ出発してしまった。またこの人数といっしょにゆきたいとのことだが、われわれは山々谷々の嶮岨《けんそ》な道を突破しなければならぬし、事情は云えぬが絶えず敵につけ覘《ねら》われている、いつ不意を襲われて合戦になるかも知れないので、とても女の足でついて来られるものではない、新九郎にはおまえが礼に来たことをよく伝えてやるから、夜が明けたら須賀川《すかがわ》へでも下りて、しかるべき人をたのんで故郷へ帰るがよい」

理を尽した部将の言葉に、娘は眼を伏せながらはいと答えた。けれども眉のあたりには心のきまった、確固とした意志の表白があるようにみえた。かの女はしずかに立ち、背負って来た包みの一つを持って戻ると、

「途中でみつけましたので求めてまいりました、皆さまにめしあがって頂こうと存じまして……」そう云いながら包みを解いた、中からは早熟《わせ》のみごとな梨《なし》がころころと

転げだした、それを拾い集める娘の手が、ほの暗い燈《ひ》あかりに思いがけないほど白く嬌《なま》めかしくうつしだされてみえた。

明くる早朝、まだ天地の暗いじぶんに、この一隊は北へ向って進発していった。銃隊が先頭になり、槍隊、抜刀隊とつづき、しんがりには荷駄十二頭という順で、……かれらは暁の濃い霧を押しわけ、山峡のけわしい道を踏んで、樹《こ》の間がくれに黙々と遠ざかっていった。部落の人々はながいことそれを見送っていたが、やがて思い思いに散ってしまうと、村長の家から昨夜の娘が道へと出て来た、すっかりと足拵《あしごしら》えをして、背中には遺骨の包みを結びつけていた。かの女は笠《かさ》をあげて谷のかなたを見やり、きゅっと唇をひきしめながら、しっかりとした足どりで武者たちのあとを追ってあるきはじめた。

三

小谷弥兵衛《こたにやへえ》は伊達政宗《だてまさむね》の家臣で侍大将をつとめていた、「松皮菱《まつかわびし》の差物」とさえいえば名のとおるもののふで、ことに先駈《さきが》けを戦うのに巧者《こうしゃ》だった。その年六月、徳川家康が会津《あいづ》征討の号令を出すと、伊達政宗はすぐに兵をまとめて帰国の途についた。

そして下野のくにへはいると間もなく、小谷弥兵衛に特別の任務をさずけ、百五十人の隊士をつけて先行を命じたのである、特別の任務とは、間道《かんどう》を強行して敵の白石城《しろいしじょう》へ迫り、本軍攻撃のあしばを確保することだった。……常陸《ひたち》の佐竹《さたけ》も磐城《いわき》の岩城貞隆《さだたか》も敵である、会津はもとより上杉の本領だから、白石へ強行するには阿武隈《あぶくま》山系の峡間の嶮路《けんろ》をゆかなければならなかった。弥兵衛は副将として吉岡小六《よしおかころく》、相良官兵衛のふたりをきめ、兵糧、弾薬を十五駄の馬に積んで出発した。吉岡小六は磐城のくに相《そう》馬《ま》の生れであり、相良官兵衛は岩代《いわしろ》の田村《たむら》の庄の出である、それで二人は交互に尖鋒隊となって道次の案内に立ちつつ、白河の旧関のあたりから山道へとわけ入ったのであった。

季節は夏、道は嶮岨をきわめた。そのうえ夜になって宿営すると、どこから忍び寄って来るのか不意に敵の銃撃をうけた、これはまったく思いがけぬことで、隊士たちは一時かなり昏乱《こんらん》したが、弥兵衛は即座に「応戦してはならぬ」ときびしく命令をだした、「各隊は分散して伏せ斬《き》り込んで来たらひっ包《くる》んで討つ、そうでなければ一弾も応射してはならぬぞ」昏乱しかけた兵はすぐに鎮《しず》まった。夜襲は烈《はげ》しかった、大がかりなものではなかったが、誘い出そうとする戦法があからさまだった。第一夜には兵を五人と馬を一頭やられた、次の泊りは無事だったが、第三夜にはまた兵四人と荷駄を一頭失った。どうして山峡の間道をゆくこの小谷隊を敵が嗅《か》ぎだすのかわからなかった、かれらはまるで見てでもいるように、正確に宿営地へ襲って来てはわずかながら必ずいくらかの損害を与えるのだ。かれらがどうしてこっちの行動を探知するか、それがわからぬ限り防ぐ方法は一つしかない、つまりどこまでも警戒を厳にし損害をできる限り少なくすることだ。弥兵衛は「立番」の定をきびしくした、現今の立哨に当るもので、……ゆるしなくして持場をはなれたる者は理由の如何《いかん》にかかわらず死罪たること、そういう規律をかたく申しわたしたのである。暑熱と嶮路を冒して強行する兵士たちは、宿営地へ着くともうへとへとだった、その疲労しきったからだでなお立番に立つのは、刀を交えて戦うよりも苦しく辛《つら》い、けれどもそれは文字どおり全隊士の生命を預かる役目なのだ、ほんの一瞬のゆだんがどのような損害をまねくかも知れない、「定にそむく者は死罪」という掟は決してきびし過ぎはしなかったのだ。

竹置をしゅったつした小谷隊は、鮫川《さめかわ》の上流にあたる谿谷《けいこく》を渉《わた》っていった。弥兵衛は道が高くなっているところへ来るたびに、伸びあがってうしろを見かえり見かえりした。……やっぱり跟《つ》いて来る、あるときは黒ずむほどの樹立に蔽《おお》われた急な坂を、あるときは身の丈をぬく夏草にはさまれた蒸されるような埃《ほこり》立つ道を、また樹《き》も草もなく、ぎらぎらと日光のじかに照りつける岩地を、ゆうべの初というあの娘がけんめいにこの隊のあとを追って来るのが見える。列の中へいれてやろうか、弥兵衛はなんどもそう思った、また荷駄の背へ乗せていってやろうかとも、――けれどこの隊の目的の重大さを思うとそれは不可能だった。道のぐあいで、ときどき娘の姿がしばらく見えないことがある、すると弥兵衛はほっとして、ああやっとあきらめたなと思うのだが、間もなく娘はまたあらわれる、背に遺骨の包みを結いつけ、少し前蹈《まえかが》みになって、叢林《そうりん》の中から、崖《がけ》のかどから、とぼとぼと、しかしけんめいに追って来るのがみえるのだった。磐城領の宮下《みやした》という部落で、さきに来ていた相良官兵衛の尖隊と合し、そこで弁当をつかった、四半刻《しはんとき》の足休めである。大きな朴《ほお》の木の下で腰兵粮《こしびょうろう》をひらきながら、弥兵衛は使番をやって三瀬新九郎を呼ばせた。新九郎はすぐに来た、二十四五になる背丈の高いからだで、面長の眼の澄んだ、おとなしそうな顔つきの若者だった。お召しでございますかといってかれが面前へ立ったとき、小谷弥兵衛はうんとうなずいたなり言葉に詰った、棚倉での出来事を訊こうと思って呼んだのだが、いまさらかれに訊くことはないと、また初という娘のことを話したところで若者の心をいたずらに騒がせるだけである、つまり呼んでみてもしかたがなかったのだ。

「三瀬新九郎でございますがなにか御用ですか」

「うん、……そのほう、今日からおれの下へつかぬか、相良へはおれからそう申してやるが」

手もとで遣ってみたいとふと思いついたのでそう云った。新九郎はけげんそうに眼をみはっていたが、

「有難うございますが、できることならこのまま尖隊に置いて頂きたいと存じます」

「おれの下では窮屈とでも思うのか」

「さようなことではございません、ただ尖隊におりますほうが、わたくしにははたらき甲斐《がい》があるように思えますので……」

尖隊は道をしらべ、敵の状況をさぐりつつ本隊を導くのが役目だった、ほねもおれるがそれだけやりがいもある、新九郎がそこから離れたがらないのも無理ではないだろう、もともとその場の思いつきで云ったことだから、弥兵衛はそれでもと押しつける気はなかった。ではいいから今のまましっかりやれと云い、新九郎の去ってゆくうしろ姿を見送りながら「いい若者だな」と呟《つぶや》いた。まじめな、よごれのない顔つきだし、口の重そうな、いかにも北国人らしい厚みのあるひとがらが温かく印象にのこる。初という娘とその父親を救ったことなどはさして問題ではないけれども、隊士のなかでも誰ひとり知らぬらしいのがゆかしく思えた。……ああいう者がいざというときにめざましくはたらくのだ、白石の合戦には眼をつけていてやろう。弁当をつかい

ながら、弥兵衛は心たのしくそんなことを思いつづけるのだった。

四

戻って来た新九郎をみると、相良官兵衛が呼びとめて「なんの用だった」と訊いた、新九郎はありのままを答えた。官兵衛は顎骨《あごぼね》の張った眉《まゆ》の太い、唇をいつもへの字なりにひきむすんでいる頑固そうな男で、なにか気にいらぬことがあるとぺっぺっと唾《つば》を吐きちらす癖があった。かれは今もその癖を出しながらひどく気にいらぬげに鼻を鳴らした、

「冗談じゃない、尖隊からおまえを抜かれて堪《たま》るものか、しかしそれで済んだんだな」

「はい元のままでよいことになりました」

「じゃ早く弁当を済ませるがいい、今日はこれから吉岡《よしおか》隊と交代だが道が長いからな」

新九郎は自分の場所へ戻って腰兵粮をひらいた。そしてかれが麦藁堆《むぎわらやま》の蔭《かげ》へ坐《すわ》ると間もなく、吉岡隊の戸田源七《とだげんしち》という若者が来て、なにげないようすで、「よく晴れるな」と空を見あげながら云った。青々と晴れあがった空を、まぶしそうに眼を細めて

見あげながら、けれどその眼はゆだんなくあたりの人の眼をうかがっている、「行軍には辛くなろうがひと雨ほしいものだ、こう晴れ続きでは堪《たま》らない」新九郎は口のなかの物をごくっとのんで、ほとんど聞きとれぬほどの声ですばやく云った。

「……なにごともない、そっちはどうだ」

「……なにごともない」と源七もすばやく答えた、「今日はおれのほうが尖隊だそうだ、なんだかそろそろ尻尾《しっぽ》をつかめそうな気がする」

「なにかそんな緒口《いとぐち》でもあるのか」

「まだなんとも云えないが」そう云って源七は指をぴっと鳴らした、「……しかし、とにかく近いうちにきっと……」

「慎重にやれ、しくじるとそれまでだぞ」

うんとうなずきながら、源七がそ知らぬ顔で元のほうへ去ってゆくと、新九郎はなにごともなかったように弁当をつづけた。……かれが相良隊にとどまりたいと主張したのは、はたらくかいがあるという単純な理由だけではなかった、三度めの宿営地で敵の夜がけをくったときかれはふとある疑いを感じたのである、この隊が白石へ強行することは隠密《おんみつ》で、伊達の本隊でも知っている者は少なかった、しかも山峡《やまかい》の知られざる間道をゆくのだから、よし敵が探り当てたにせよ、かくまで正確に宿営地を襲うことは尋常では不可能な筈《はず》だ。もちろんその点は誰しも不審だったろう、けれども敵地のなかを潜行してゆくという事実がそのくらいの抵抗は予想させたから、損害をできるだけ少なくしようと努めるほかにはあまり関心をもつ者がなかったのである。新九郎はそうではなかった、かれは「内通者」ということを疑ってみた、隊士のなかに敵へ内通し、宿営地のてびきをする者があるのではないか、乱世のことでほかに例のないことではなし、ことに隊士たちは多くこの附近から北へかけての出身である、上杉領にふかい縁故のある者もいよう、そう考えてみると敵の夜襲の正確さがますます疑わしくなる、そこで新九郎はひそかに戸田源七とはかって隊士たちを監視しはじめた。源七は同郷の古い友達で、かれより一歳だけ年長だったが自分では新九郎のひとがらに敬服して兄事していた。二人とも無口な性質で、向き合っていても話などはろくろくせず、口で云うよりも心で語りあうという風だったから、こういう場合にはくだくだしい説明なしにぴたりと気持が合った。……内通者がいるとすれば尖隊の中だ、少数で先行しながら道をしらべ敵状をさぐって本隊を導く、つまり全隊の行動をきめるのだからその中にいるとみていいだろう、二人の意見はそう一致した、さいわい新九郎は相良隊にいたし源七は吉岡隊にいる、両者とも交番に尖隊をつとめるので好都合だ、……どのようなことがあっても他人に悟られるな、かたくそう誓いあって、二人はひそかに監視をつづけて来たのである。源七はいま、「そろそろ尻尾がつかめそうだ」と云った、事実なにかみつけたとすれば要慎《ようじん》のかいがあったというべきだ、新九郎はふと眼をあげて蟬《せみ》しぐれの湧《わ》くような樹々の梢《こずえ》を見やった。

宮下を発した小谷隊はその夜、三笹《みささ》という部落で宿営した。竹置ではめずらしく夜襲が無かったので、ことによると敵の追蹤《ついしょう》からのがれたかと思い、また今夜こそあぶないぞという気もした。するとはたして午前一時ころになって「夜がけだ」という立番の叫びが聞え、ほとんど同時にごく近いところから敵が銃撃をあびせて来た、こちらはもう数回の経験で馴《な》れているから、全員はすぐ分散してそれぞれ遮蔽物《しゃへいぶつ》のかげへ身を隠したが、敵もまたこっちの応戦しないことをみきわめているとみえ、前へ前へと大胆に進みながら撃ちかけた。いちばん接近したものは火縄を吹くありさまさえ見えたほどである。

「よく飽きもせずに撃ちやがる、やつらは撃てるだけ撃ってはやく荷を軽くしたがっているんだぜ」「鉄砲だけ撃っても突っ込んで来ないところをみるとやつらの刀は錆《さ》びついているに違いない」「上杉ではなくって撃ち過ぎと名を変えるがいい、ぷっ、畜生、おれの髭《ひげ》をかすりあがった」そんな囁《ささや》きがあちらこちらに聞えた。新九郎は古い樫《かし》木の幹にぴったり身をよせかけ、敵のようすと、あたりにひそんでいる味方の者たちとをじっと見まもっていた。今この瞬間にも、敵へなにか合図をしている者があるかも知れないと思ったからだ、銃弾はしばしば樫木を打った、そしてばらばらと樹皮をはね飛ばしたり、幹を抉《えぐ》ってうしろにいる新九郎の頬をかすめたりした。

「これあたまげたなあ」すぐ右がわの堆肥《たいひ》の山のかげで妙な声をあげる者があった、「この騒ぎのなかでおれの頬ぺたを蚊が喰った、よっぽどかつえていたんだなあ」それを聞いてまわりにいた四五人のくすくす笑うこえがした。新九郎も思わず苦笑した。矢内武左衛門《やないたけざえもん》という男で、とんでもない時に拍子もないことを云ってよくひとを笑わせる、黒川《くろかわ》在の僧家の出だそうだが、合戦になると大胆ふてきなたたかいぶりでいつもぬきんでた手柄をたてる若者だった。そのころから、銃声が左へ移りだした、はじめ敵は正面と右翼へひっしと撃ちかけていたのだが、ようやく左へ左へと移りだし、ときおりどっとさそいの鬨《とき》をあげた、いちどはひそんでいる松林の中から十四五人ばかりとびだして来さえした。銃火の閃光《せんこう》でその姿をみつけた味方の兵たちは、抑えようのない闘志をそそられたとみえていっせいに呻《うめ》きごえをあげた、「出てはいけない」「動くな」そういう戒めの叱咤《しった》がなかったら、おそらくかれらは斬って出たことだろう、敵のようすはあきらかにその機をさそうもののようだった。

その夜の損害は大きかった、兵八名と足軽三名が討死し、ほかに負傷者が十名ほどあった。夜明けのさわやかな光のなかで、死者を荼毘《だび》にする煙がゆらゆらとたちあがるのを見かえりながら、しかしながくは名残りを惜しむいとまもなく、かれらはまた黙々と北へ向ってしゅっぱつした。

五

楢葉《ならは》の郡と田村《たむら》の庄との境にまたがる大竹山《おおたけやま》は、阿武隈《あぶくま》山系のなかでもぬきんでて高く、そのふところには夏井川《なついがわ》、木戸川《きどがわ》、大滝根川《おおたきねがわ》などの深い源流谿谷をいだいている。三笹から夏井の谿流《けいりゅう》を渡って来た小谷隊は、二日めの昏《く》れがたに、大竹山の両がわの高原にある波山という部落に着いて野営をした。……片方は叢林の密生した山の急な斜面だし、高原の左は段さがりに低くなって、三春郷へ通ずる大越《おおごえ》のあたりまで見とおすことができる、眺望がひろいので、敵襲に備えるには究竟《くっきょう》の場所だった。めずらしく尖隊もいっしょの陣泊りで、晩には鶏が煮られたり、少しずつではあるが酒もくばられた。山へはいって以来はじめての馳走《ちそう》だし、高原の夜の思いがけない涼しさもなにやら拾いものをしたようで、みんな久しぶりに、気持の浮きたつのが感じられた。

「おいみんな、おれたちのあとから若い娘が跟《つ》けて来るのを知っているか」ひとりがわずかな量の酒をさもたいせつらしく、舐《な》めるようにして啜《すす》りながらそう云いだすと、「なんだきさま知っていたのか、眼のはやいやつだ」と云う者があり、おれも知っているぞ、おれも見たなどと、四五人がわれがちにその話をはじめ、まだ気づかなかった者はなんだなんだと興ありげに膝《ひざ》を寄せて来た、「えへん」とはじめに話しだした男がきどった咳《せき》をして「年はまず十六か七だろうな、いいから黙って聞け、まるぽちゃでふんわりと棉《わた》の花のように軽そうなからだつきだ、遠山に霞《かすみ》のかかったような眉、山茱萸《やまぐみ》の実をふたつ重ねたようなおん唇、髪は」「烏《からす》の濡《ぬ》れ羽色さ」「黙れ黙れさような通俗なものではない、まずおれの見たてを云えば、おれの見たてを云えばさ」「やっぱり烏の濡れ羽色か」くすくすと抑えつけたような笑いごえがおこった、「冗談はぬきにして、その娘が跟けて来るというのは本当か」「いやに乗りだして来るな、本当だよ、足弱の風にも堪えぬという身で、山坂いとわず追って来るんだ」「いったい誰を追って来るんだ」「伊五右衛門さまえのう……といってな」「こいつ暑気が頭へきたとみえる」こんどはわっと笑いごえが高くあがった、しかし自分たちの声に自分たちでおどろき、しっと云いあいながら慌てて肩をすくめたり口を塞《ふさ》いだりした。いったいどこまで事実なのかと、まじめに問いかけられると誰もたしかだと云える者はなかった、竹置から此処《ここ》へ来るまでにそういう娘を見かけたことは見かけたが、それがおなじ者であるか、はたして小谷隊のあとを追って来るのかどうかはむろん知るよしもない、「阿武隈の狐《きつね》だろう」しまいにはそんなことを云いだす者もあり、やがて話はほかへ移ってしまった。

そのなかまから少しはなれたところで、藁束《わらたば》の上に寝ころんでいた新九郎は、その話を聞きながらふと記憶のどこかにそういう娘のおもかげがひそんでいるように感じた。……誰だったろう、十六か七の年ごろで、自分を追って来るような娘、……なんだかすぐその顔が思いうかびそうだった、故郷の者かしらん、それともかみがたの者かしらん、たしかにそういう娘がいそうに思えるのだが、そしてその声音まで聞えそうなのだが、しかしつきつめて考えると故郷にもかみがたにも、こんな山峡の奥まで自分を追って来るような娘はいる筈がなかった。かれはそっと頭を振りながら、若さというものはこんな些細《ささい》な話にもつまらぬ空想をはたらかせるものだと思って苦笑した。そこへ「涼しい晩だな」と云いながら戸田源七があゆみ寄って来た、かれは新九郎と並んで藁束の上へ仰向きに寝ころび、両手を頭の下に敷いてふかく息をついた。

美しく澄みとおった星空が手の届きそうなほどにも低くみえる、薄い綿雲が二つ三つながれているばかりで、きらきらと耀《かがや》く群星をさえぎるものもない。源七は投げ出した足をだるそうに組み直しながら「このあいだのは思い違いだった」と囁いた、それから声を高くして「こうしていると故郷を思いだすなあ」と云った。するとまるでそれに答えるもののように、少しはなれたところからさんざ時雨《しぐれ》をうたいだす者があった。……さんざ時雨か萱野《かやの》の雨か、音もせで来てという、伊達軍の出陣凱陣《がいじん》にうたわれる歌である、さすがに声はひそめているが、三人五人とそれに和す者があり、やがて暗がりのそこ此処から虫の音のわくような合唱になっていった。それはもう凱陣の歌ではなく、やみがたい望郷のおもいだった、敵地をくぐって強行するはりつめた時間から解きはなたれて、身も心もふるさとの山河へはせもどるいっときの詠歎《えいたん》だった。

「こんな晩はこれがさいごだろうな」新九郎がしずかな調子で云いだした、「こういう美しい星空を見ているとおれはきまって思いだす話がひとつある、かみがたにいたとき会った老人から聞いたのだ、老人はもと織田右府公《おだうふこう》の幕下にいたいわば無名のさむらいだが、長篠《ながしの》の合戦のとき本陣にいて見たことだという、……あのとき甲斐《かい》の武田勝頼《たけだかつより》の家来に多田新蔵《ただしんぞう》という者がいて、敗戦のとき不幸にも織田軍の手に捕えられ、信長公の本陣へ曳《ひ》かれて来た」

「多田というと多田淡路守《あわじのかみ》のゆかりの者か」

「淡路守の二男だそうだ」新九郎は藁束の上でちょっと身をずらし、星空をじっと見あげながらつづけた、「信長公は淡路守の子と聞いて、多田ならばおなじ美濃《みの》のくにの出身である、あらためて自分に随身せぬかと云われた、新蔵は黙っていた、信長公はさらに悪源太もいちどは縄にかかった、戦場では捕虜となることも無いためしではない、自分の家来になるなら食禄《しょくろく》も望むほどはとらせよう、そういって熱心に随身するようすすめた、けれどもやはり新蔵は黙っていて答えない、そこで信長はその縄を解いてやれと命じた、警護の士は命ぜられるままに新蔵のいましめを解いた、そのときである……」そこまで云いかけて、ふいに新九郎は身を起こした、向うから自分の名を呼びながら来る者があるのだ、「ちょっといってくる」そう云ってかれは立っていった。

呼びに来たのは使番だった、小谷弥兵衛が用事だという、すぐに宿所へゆくと弥兵衛と吉岡小六が表に出て待っていた。「ああご苦労」と弥兵衛は新九郎の礼をさえぎりながら云った、「実は立番の者が急病でひとり欠けたのだ、気のどくだがそのほう代りに立って貰《もら》いたい」「はい承知いたしました」「ではすぐ支度をして来い」「支度はできております」「そうか、ではこれが番の銃だ」そう云って弥兵衛は火縄の付いた銃をわたし「申すまでもあるまいが立番の掟《おきて》を忘れるな、銃には弾丸一発、敵の夜がけを認めたときのほかは撃ってはならない、いいか」「はい」ご苦労ともういちど云って弥兵衛は宿所へはいった、新九郎はすぐ吉岡小六《こ ろく》に案内されて自分の持場へとでかけていった。

かれが番に立った処《ところ》は、この高原の部落から大越へくだる裏道の切通しの上で、松林のあるちょっと広い台地のような場所だった。独りになると、かれは銃の火縄が見えないように脇へ隠し、細い松の四五本かたまっているところを選んで立番についた。まだそう更《ふ》けてはいない筈なのに、独りになってみると高原の冷える夜気が身にせまるようにも感じられ、そのためか虫の音も心ぼそげで、なんとはなく晩秋のような気がするのだった。そういえば今日ここへ来る途上の崖道《がけみち》で、美しい苔竜胆《こけりんどう》の咲いているのを見た、そのときのあざやかな眼にしみるような紫が、新九郎には今もまざまざと印象にのこっている、……子供のころ山へ茸《きのこ》を採りにゆくとよくあれが咲いていた、そういう回想がなおさら秋のおもいをそそるのであろう、新九郎は松の幹にもたれかかって、しずかに星のまたたく空を見あげるのだった。

一刻《いっとき》ほども経《た》ったであろうか、部落のほうから人の足音が聞えて来たので、かれはすぐ道のそばまで出ていった。足音はずんずん近づいて来る、かれは銃を持ち直して誰何《すいか》した、部将の見まわりだとは思ったがそれが立番の役目なのだ、相手はすぐ「おれだ」と云いながらこちらへ寄って来た、相良官兵衛だった。かれはがんどう提燈をさし向けながら「なんだ三瀬か」と云った。

「そのほう今夜が立番に当るのか」

「はい急病人が出ましたそうで代役を仰《おお》せつかりました」

「それはご苦労だな、しっかりたのむぞ」

そう云って官兵衛はゆこうとしたが、ふとなにか思いだしたというようにふり返った、そしてめずらしくうちとけた調子で云った。

「そのほうの勤めぶりはおれがよくみている、人のいるところで云えることではないが、折があったら身の立つように推挙するつもりだ、白石へ着くまでの辛抱だと思ってもうしばらくがんばってくれ、わかったな」

新九郎は黙っていた、そういう言葉には答えようがなかったのである。官兵衛はなおなにか云いたげだったが、ひょいと片手を振ってそのまま向うへたち去ってしまった。……なぜあんなことを云うのだろう、新九郎は元の位置へ戻りながらそう呟《つぶや》いた、つい先日は部将の小谷弥兵衛から自分の下へ来ないかと云われたし、今また副将の相良官兵衛からそういう特別な言葉をかけられる、自分では決してそんな勤めぶりはしないつもりだった、ぬきんでて上役の眼につくような勤めは偽りである、そう信じて日常を慎んできたのに、二人からおなじような贔負《ひいき》を受けるのは心外だった。……やはりおれのどこかに純粋でないものがあるのかも知れない、これはよくよく注意しないといけないぞ。そう反省しながら、ふとかれはびっくりしたように切通しのほうへふり返った。

——相良どのが切通しをおりてゆく。

新九郎は思わず銃をとり直した。

六

相良官兵衛は切通しをおりていった。新九郎はおのれを反省しながら、その耳は無意識のうちに官兵衛の足音を追っていたのだ、夜露に湿った道を草鞋《わらじ》でゆくのだから、聞えるほどの足音はない筈だった、新九郎がそれを聞きとめたのは「勘」である、そしてその勘がたしかだとみるなり、かれはなかば反射的に銃をとり直して台地の斜面をすべりおりた。

下は段畑になっていた、かれは星あかりをたよりに、物音をしのばせながら下へ下へとおりていった。瓜畑《うりばたけ》があった、番小屋のような小さな建物があり、一段さがったところに水車が廻《まわ》っていた、落ちてゆく水はそのまま田へひくのであろう、石で畳んだ堰《せき》へとまっすぐにはしっている、堰についてくだり、かなりな高さの堤をとびおりると桑畑だった、そこからはすぐ左がわに切通しから曲ってくる坂道が見える、新九郎は桑畑のなかに跼《かが》んで、息をひそめながらじっと坂道を見まもった。……なんのために官兵衛のあとを跟《つ》けるか、かれはあらためて自分にたしかめる要はなかった、たとえ相手が誰であろうともこんな時刻に宿所をはなれるのは不審である、それだけでかれは自分のとるべき態度をきめた、そのことの結果がどうなるかは問題ではない、全隊士のために「内通者をつきとめる」ただそれだけでよいのだ、そのほかのことは八幡《はちまん》、どうあろうとも神のしろしめすままである。

ひたひたと、湿った土を踏む足音が近づいて来た、坂道の片がわに楢の並木がつづいている、ときどきがんどう提燈の光がちらちらと樹《き》の間に動いた、足音は新九郎の正面をとおって右へゆく、並木の出はずれた道は、すぐにみっしり枝葉をさし交わした藪《やぶ》のなかへはいる、足音がその藪のなかへ消えてゆくのを待って、新九郎は桑畑からそっとぬけだした。そして道へあがって藪の入りくちまでいったが、すぐにうしろへさっと身をひいた、闇《やみ》のなかのついそこで人のけはいが感じられたのだ、かれは道の脇へひそんでじっと耳をすました、息詰まるような瞬間だった、暗がりで人の姿はまったく見えないが、ひと言ふた言なにやら囁きあうのが微《かす》かに聞えた、そしてすぐに足音の一つは向うへ去り、一つはこちらへ戻って来る、新九郎は身を踞めてそれをやり過した。

戻って来たのはまぎれもなく相良官兵衛だった、かれは新九郎のすぐ眼の前をとおって、坂のほうへと大股《おおまた》に登っていった。新九郎はそこへ銃を置き、足音をしのばせてうしろからしずかに追いついた、

「お待ち下さい」

とつぜんうしろから呼びかけられて、官兵衛はあっと叫びながらふり返った、新九郎はその驚愕《きょうがく》の真向を叩《たた》くように、ずかずかとあゆみ寄りながら云った。

「三瀬新九郎です、いまの始終を見ていました」

「……なに、なに」

「すっかり見ていたんです、ご弁明がありますか」

それは念のためのたしかめだった、しかしその言葉が終らぬうち、官兵衛はいきなりがんどう提燈を投げつけ、するどく叫びながら抜き討ちをあびせかけた。もちろん期したことである、というよりもむしろそれは事実がたしかめられた証拠だった、――まちがいない、という確信はそのまま「斬《き》る」という決意につながった、官兵衛

の抜き討ちを躱《かわ》しもせず、新九郎は踏みこんでちからいっぱい大剣を打ちおろした。ものを吐くような喚《わめ》きごえと、強い手ごたえがあり、官兵衛は道の上へだっとのめった、新九郎はさらにその頸《くび》の根へ一刀いれてうしろへとび退《すさ》った。……官兵衛は起きあがろうとして二度ばかり頭をあげたが、間もなく大きく溜息《ためいき》のような呼吸をして、動かなくなった。

新九郎はそれでもなおしばらくようすを見ていたが、やがて大剣を押しぬぐって鞘《さや》へおさめ、元のところへ戻って銃を取って来た。それから死体をひき起こしてふところをさぐった、あまり話ごえが聞えなかったところをみると密書でもとり交わしたに違いない、そう思ったのである。ふところにはなにも無かった、燧袋《ひうちぶくろ》をあけてみた、腹巻も解いてみた、そしてようやく、武者鉢巻の下から小さく折り畳んだ紙きれをみつけだした、しずかにひろげてみると、ごく薄く漉《す》いた紙になにか書いてある、新九郎は銃の火縄をとり、その火を押し当てるようにして書いてあるものを検《あらた》めた。それは大竹山から天王山《てんのうざん》までの道次を書き、宿営地と思えるところに朱を入れた図面だった、しかもその余白に註《ちゅう》して、相馬利胤《としたね》の部将近藤主膳《こんどうしゅぜん》が兵五百騎をもって常葉《ときわ》口《ぐち》に伏せているということが記してある、常葉口といえば此処から三里ほどさきの谷合で、もちろん明日の道次に当っている、「危ないところだった」と新九郎は肌寒くなる気持で呟いた。紙片をふところへ入れて立ちあがったかれは、すぐに官兵衛の死体を担《かつ》ぎあげ、右がわの叢林《そうりん》へわけ入って百歩ばかり奥の笹簇《ささむら》の中へ隠して戻った、道の上にとび散った血潮のあとを踏み消し、落ちている死者の持物を桑畑の中へ投げこみ、すっかりあとを片づけると、はじめて銃を取って坂道をおのれの持場へと馳《か》け登っていった。滑りやすい坂を登りつめて、松林のほうへ曲ろうとしたときである、いきなり闇のなかから「待て、なに者だ」と叫んで、がんどう提燈を真向へさしつけられた。とつぜんでもあったし息もつかずに馳けあがって来たので、かれにはすぐ返答ができなかった。誰何したのは小谷弥兵衛だった、うしろには吉岡小六がいた、

「おまえは三瀬新九郎だな」弥兵衛はあゆみ寄りながら云った、「どこへいっていた、おまえは立番ではなかったのか」

「立番でございました」

「立番には掟がある、知っているか」

「はい」新九郎は姿勢を直して云った、「ゆるしなくして持場を離れたる者は、仔細を問わず死罪たるべきこと」

弥兵衛は聞き終るなりくるりと踵《くびす》をかえし、うしろにいた吉岡小六に向ってはっきりと云った、

「三瀬新九郎は掟にそむいた、帯刀をとって宿所へ曳け」

七

戸田源七がはなしを聞いたのは三更を過ぎてからだった。かれはすぐ宿所へ馳けつけた、吉岡小六は行燈《あんどん》のそばでなにか書き記しているところだったが、源七をみると黙って自分の前にある席をさし示した。いったいどうしたのですかという源七の質問に対して、それはむしろおれのほうで知りたいことだと小六は答えた。

「お旗がしらといっしょに見まわりにいったらかれがいない、用でも足しにいったかと声をかけたが返事がないのだ。あれに限って掟にそむくようなことはない筈だ、お旗がしらもそう云われた、すると四半刻も待ったろうか、やがてかれが切通しを馳け登って帰って来たのだ」

「なにか申しませんでしたか、出ていった理由は云わなかったのですか」

「此処へつれて来てから、お旗がしらとおれで繰り返し訊問《じんもん》した、けれども頑として理由を云わない。掟にそむきました、御法どおりに願います、……その一点ばりだった、どうしようもないのだ」

「ではやはり、死罪でございますか」

「明け七つがその刻限だ」

小六はそう云いながら、今まで書いていたものの上へ眼をやった、それはやがて新九郎の死罪に当って読むべき申渡し状だった。源七はしばらく黙っていたが、やがて面をあげながら「お願いがございます」と云った、「わたくしと三瀬とは幼少からの友でございました、ことに宵のうちかれから聞きかけた話がございます、今生《こんじょう》の別れに話の残りを聞きたいと存じますが、おゆるし願えませんでしょうか」小六はそっと襖《ふすま》のかなたへ眼をやった、そこにはおそらく小谷弥兵衛が寝ているのであろう、小六はその寝息を窺《うかが》っているようすだったが、やがてうなずいて云った、「……向うの隠居所にいる、番士にはおれがゆるしたと申せ」「ありがとうございます」源七はうしろから追われるように宿所を出ていった。

その建物は庭はずれにあった。うしろは古い樫木《かしのき》を隔てて崖にのぞみ、左右はあばら竹と小松の植込になっている、ささやかではあるがいかにも旧家の隠居所という感じだった。源七は表に立っている二人の番士にゆるしを得たということを伝えて家の中へはいった。なかは八畳ほどのひと間きりで、新九郎はいま水髪《みずがみ》にゆい直したばかりの頭を撫《な》でていた、煤《すす》けた行燈の光がゆらゆらと揺れながら、片ほうの壁に大きくかれの影をうつしていた。

「さっきの話が中途だった」源七はそう云いながらあがった、「それで番がしらにおゆるしを得て来た、話の残りを聞かしてくれ」

「話の残り、ああ多田新蔵のことか」新九郎はにっと微笑した、「そうだった、あれが途中できれたままだったな……」

源七はむずと坐《すわ》りながら新九郎の眼をみまもった。新九郎はちらと戸口を見た、二人の番士はどうやら庭のかなたへ去ったようである、おそらくは旧友の別れの邪魔をしたくないというつもりであろう、新九郎は「こちらへ」と源七を眼で招きながら、ふところから先刻の紙片をとりだした。

「これは密書だな」源七はひらいて見て眼をみはった、「では内通者をつきとめたのか」

「つきとめた、それをよく見てくれ、此処から天王山までの道筋と宿営する場所が書いてある、朱を入れてあるのがそうだ、つまり宿営地は敵がきめていた、われわれは敵がきめた場所へ陣泊りをしていたんだ、これでは夜がけは思うままだし、むしろ損害の少なかったのがふしぎなくらいだ」

「なに者なんだ、その内通者は誰だ」

「それは云えない、いずれはわかるだろうがおれの口からは云えない、だが心配しなくてもいい、そいつはおれが斬った」

そう云ってかれは自分の右手をじっと見た、源七はいろいろな感情がつきあげてきて、しばらくはなにも云えなかった。いま眼の前にいる友は間もなく死罪になるのだ、おなじ故郷に生れおなじ風雪のなかで育ってきた、いくたび共に戦塵《せんじん》を浴びたことだろう、いくたびいっしょに生死の境をくぐったことだろう、その友がいま首の座に直ろうとしている、しかもその罪は罪と呼ぶことのできぬものだ、むしろ全隊士の生命を危険から救った功名でさえある、これをむざむざ死罪にしていいだろうか、

「おれはそう思うのだが……」源七は眼を伏せたまま云いだした、「事情をすっかり話すべきだと思うのだが、どうだろう、……掟はたしかに掟だ、けれどもこんどの場合は違う、内通者をみいだして斬ったということは全隊士の安全をまもったので、つきつめて云えば立番をする根元を断ったのだ、ここで死罪になる法はない、おれは不承知だ」

「しかしそれでどうなる、事情を話したらどうなるんだ」

「少なくとも死罪にはならぬ筈だ」

「そうかも知れない、だが死罪をまぬがれたとして、さてどうなるんだ」新九郎はじっと友の顔を見た、それからしずかにかぶりを振ってつづけた、「死ぬことなど問題

ではない、肝心なのはどう生きるかだ、おれは生きた、こうと信ずることを為遂《なしと》げたんだ、仔細を問わず死罪だという、軍の掟を枉《ま》げてまで、命を助かろうとは思わないよ」

しずかなこえだったが動かしがたい決意がこもっていた。まさしく、かれにはもういささかの未練もなかった、掟にそむいて罪死するという不名誉も他人からみてのことで、自分がなにをしたかは自分がいちばんよく知っている、真実さえたしかなら死の名目などは末の末だ、……おれは生きた、そういう確信をもって死ねるだけでも、もののふと生れたかいがあったというべきである。

「その註を忘れてはいけないぞ」新九郎はふたたび指を密書の上へ置いた、「この常葉口には相馬軍の伏兵がいる、此処からさきの陣泊りは、この図面に印してある場所を避けるんだ、わかったな、それから……これは預けて置くから、おれの始末が済んだらお旗がしらにさしだしてくれ、そのまえにはいけない、かたく約束したぞ」

源七は答えなかった、わたされた紙片をふところへおさめながら、堪りかねたようにくくと噎《むせ》びあげた。新九郎はちょっと眼を閉じ、遠くのもの音を聞きすましでもするように、しばらく息をひそめていたが、間もなく低い呟くようなこえで話しだした。

「その縄を解いてやれという信長公の命をきいて、警護の士がそばへあゆみ寄り、多田新蔵のいましめを解き放した。……そのときだった、新蔵はがばとはね起きると、かたわらに有りあう槍《やり》をとり、ずぶずぶと四五人、まわりにいた織田家の士を眼にもとまらず突き伏せた。すさまじい早技だった、織田家の人々はあっといって瞬時そこへ立ち竦《すく》んだ、それからはじめて抜き合せ、……四方からとり詰めて、ようやく新蔵を討ち止めたという」

そこまで云いかけたとき、新九郎の閉じた目蓋《まぶた》を縫ってふっと涙が溢《あふ》れ出た。

「老人から聞いた話はそれだけだ、おれはこの話を思いだすたびに泣ける、これをよく味わってくれ源七、ただあたりまえに聞きながしてはいけない、ここにもののふの精髄があるんだ、おのれの名も命もない、どんな窮地に立ってもさいごまで闘いぬく、この心をよく味わってくれ、……それにくらべれば、おれの死などはめぐまれているよ」

夏の夜は明けるにはやく、いつか障子《しょうじ》が仄《ほの》かに白みだしていた、新九郎はそっと涙をぬぐい、手を伸ばして行燈の火を消した、それからしずかに立ちあがって障子をあけた。……すぐ前にある樫木もおぼろに、崖のかなたはいちめんの濃霧だった、それであけた障子の間から煙のようにその霧が巻きこんで来た。

「来てみろ源七、おまえの好きなすばらしい霧だぞ」

八

ふしぎな一夜だった。

隊士のなかでも精兵とみられた若者が掟にそむいて死罪におこなわれたし、副将のひとり相良官兵衛がゆくえ知れずになった。どこへいったかもわからないし、夜が明けても戻って来なかった、手わけをして附近を捜したけれども、まるで消えてしまったように蹤跡《そうせき》がない、さきを急ぐ小谷隊はそれ以上そこに留《とど》まってはいられないので、時刻よりは少しおくれたが、北へ向って進発した。銃隊を先頭に、槍組、抜刀隊とつづき、そのあとから足軽たちが荷駄を曳《ひ》いて、土埃《つちぼこり》をあげながら遠ざかっていった。

その小さな部落は、かくてまた元のようにひっそりとなり、高原の乾いた道の上には、ときおり吹き過ぎる微風がくるくると埃の渦を巻きあげていた。小谷隊が去ってから一刻ほども経《た》って、その乾いた道をひとりの娘がその部落へはいって来た。背中に包みをゆいつけて、笠《かさ》も着物も埃まみれになって、……草鞋の緒にでも食われたのであろう、右足を少しひきずるようにしてとぼとぼとあるいて来た。そうして村はずれへさしかかると、そこに遊んでいた四五人の子供たちに呼びかけた。

「おまえさんたち、此処をたくさんのおさむらいが通ったのをお見でなかったかえ」

「通ったんじゃないよ」子供たちのひとりが不平そうに答えた、「おさむらいさんたちは此処で泊ったんだよ、おらの家なんかいちばんえらい人が泊ったんだぜ、なあ」

「そうだ、二人もだなあ、兄やん」

娘はそうと云って微笑した。

「それでその方たちはもうごしゅったつなすったの」

「ああいっちまったよ、いくとき家へ泊ったえらい人がおらに銭をくれたっけ、でもお祖父《じい》さんが銭を持ってちゃいけないって取りあげられちゃった。それで、うん、もういっちまったよ」

「兄やん」その弟とみえる幼い子が云った、「家へ泊ったえらい人はお寺さまへも銭をくれていったじゃないか、兄やんにくれたよりもどっさりさ」

「おまえ知らないんだ、あれはくれたんじゃないんだよ」

「くれたんじゃねえ」そばにいたべつの子が舌たるい調子で説明した、「お寺さんへはくれたんじゃねえよ、あれは死んだおさむらいの墓の……お墓の……なあみんな」

「そうだお墓のあれだよ、お墓の、おとむらいの銭だよ、父《と》うがそう云ってたから」

なにげなく聞いていた娘はそこではっとしたようだった、「死んだおさむらいとはどうしたのか、病気で亡《な》くなったのか」そうせきこんでたずねた。子供たちはよく知らないとみえて、娘のせきこんだ問いには誰もはっきりとは答えられなかった。

「どうしてだか知らないよ、朝はやく大勢のおさむらいが集まってた、そしてそのあとでみたら墓ができてたんだ、誰も知りやしない、そしてみんないっちまったんだよ」

「その墓はそこに見えてるよ」

そう云ってひとりの女の子が道の左がわを指さした。そこは桑畑にはさまれて、かなり広く夏草の生《お》い繁《しげ》った原になっている、道から五十歩ばかりはいった原のなかに、ひとところ土が掘り返されて、新墓と思えるものができていた。娘はそれを見ると「ではちょっと拝んでいきましょうね」と云って原のなかへはいっていった。……二尺あまり盛りあげた土の上に、表へただ名号だけ書いて、ほとけのぬしの名のない小さな墓標が立っている、娘はあたりに咲いている夏草の花を手折《たお》ってその墓に供え、しずかに膝《ひざ》まずいて合掌した。

「あの方ではないでしょうけれど、あの方とごいっしょにいらしった方ですのね、どうぞ成仏《じょうぶつ》あそばしますように……」

かなりながいあいだ、口のうちで唱名念仏していたが、やがて娘は立ちあがって膝をはたき、そっと目礼をして道へ出た。子供たちは興を失ったものか、もう向うのほうで蜻蛉《とんぼ》を追うのに夢中である。娘は背負った包みの結びめを直し、いかにも痛そうに右足をひきながら、ふたたびとぼとぼと北へ向ってあるきだした。小谷隊のあとを追って、……そのたより無げな足どりをせきたてるように、ときおり道から埃を巻きたてる風が、草原のなかにある墓をも吹きはらっていた、娘の供えたのは夏草の名もなき花である、それがなんと似つかわしかったことだろうか、墓のあるじもついにおのれの名は立てなかったのだから。……一年と経たぬうちに墓標は倒れるであろう、盛りあげた土はすぐ崩れるに違いない、しばらくすれば元のように夏草が生い繁って、そこに墓のあったことさえ忘れられてしまう、だが、そうしてすべてが無くなっても、そこに死んだ三瀬新九郎のたましいだけは無くなりはしないのだ、新九郎にはかぎらない、どれほど多くのもののふが夏草の下にうもれたことだろう、その人々は名も遺《のこ》らず、伝記もつたわらない、かつてあったかたちはあとかたもなく消えてしまう、だがそのたましいは消えはしない、われらの血のなかに生きている、われらの血のつづくかぎり生きているのだ。

夏の日はようやく大竹山の樹々《きぎ》の上にたかくなった。

青竹

一

慶長《けいちょう》六年（一六〇一）の夏のはじめ、近畿《きんき》地方の巡察を命ぜられた本多平八郎忠勝《ほんだへいはちろうただかつ》は任をはたした帰途、近江《おうみ》のくに佐和山城《さわやまじょう》に井伊直政《いいなおまさ》をたずねて数日滞在した。ふたりは徳川《とくがわ》家のはたもとで酒井榊原《さかいさかきばら》とともに四将とよばれ、いく戦陣ともに馬をならべて戦ってきたあいだがらである。一日は琵琶湖《びわこ》に舟をうかべて暮し、あくる日は伊吹《いぶき》の山すそで猪《いのしし》狩りをした、また鈴鹿《すずか》の山へ遠駆けをして野営のいち夜にむかしを偲《しの》んだりもした。心たのしく、こうして四五日をすごしたのちいよいよ明日しゅったつというまえの夜だった。城中で催された別れの宴《うたげ》がようやくさかんになりはじめたとき、忠勝がふと思いだしたというようすで、

「関ケ原のおりに島津《しまづ》軍の阿多《あた》ぶんごを討ちとめた若者はこの席に出ているか」とたずねた。直政はちょっと返辞ができなかった、忠勝のいうその若者が誰だかわからな

いからである、それでかれは話題をはずして答えた、「阿多豊後《ぶんご》という名を聞くと島津惟新《いしん》を討ちもらしたことを思いだす、もう一歩というところだった、まことおれのこの手で入道《にゅうどう》の衿《えり》がみをもつかむところだった」「まったく、おぬしとはずいぶん戦《せん》塵《じん》をあびてきたが、あれほどすさまじい合戦《かっせん》はみかたが原いらいであろう」話は関ケ原のことに集った。

慶長五年九月十五日午後一時、金吾《きんご》中納言《ちゅうなごん》ひであきのねがえり反撃によって石田三《みつ》成《なり》の陣は総くずれとなり、午前四時《七つ》からはじまった合戦はそのときまさに徳川軍の勝ち目を決定した。ほとんど乱戦となった戦場の一角で、本多忠勝と井伊直政とは僅《わず》かな手兵のせんとうに馬を駆り、島津惟新義弘《よしひろ》の軍へきびしくきりこんでいた。敗勢になりながら、島津の兵はじつによく戦った、しかしいかに善防したところでもはや大勢を挽回《ばんかい》することはできない、ついに馬じるしを折り記章を捨てて牧田《まきた》から西南のほうへと退却をはじめた。追いうちは急だった、惟新義弘はしばしば危地に追いつめられた、それを救うために惟新の子豊久《とよひさ》が馬をかえして戦い本多忠勝の兵に討たれた。つぎには侍大将の阿多ぶんご盛淳《もりあつ》が追撃兵の前にたちふさがり、――兵庫《ひょうご》入道これにあり、島津惟新これにあり。とさけんで義弘の身代りに立った、これにぶつかったのは井伊直政の兵だったが、直政はそれが身代りだということを察し、おのれはなおも馬を煽《あお》って惟新を追った。――どうでも入道のしるしをあげるぞ。そう思ってむにむさんに突っこんだ。義弘をまもる兵たちはすでに八十余人にすぎなかった、これが牧田川の岸でめざましく防ぎ戦った、そしてもう一歩というところまできりこんだ直政は敵の銃撃にあって腰を射ぬかれ、惜《お》しくも馬から落ちてしまった、長蛇《ちょうだ》をめのまえに見つつ逸《いっ》し去ったのである。このあいだに直政の兵の一部がぶんご盛淳を討ちとめていたのであるが、乱軍のなかのことで誰が功名人であるかわからなかった、名乗って出る者もなかった、それでその部隊ぜんたいの手柄《てがら》として軍鑑にしるされたのであった。

阿多ぶんごを討ちとめた若者はと、いま忠勝にきかれても、だから直政にはすぐに返辞ができなかったのである。そうきくからには忠勝は知っているにちがいない、それに対してじつは当家ではその者がわかっていないのだとは答えられるものではなかった、それで直政はそれとなく忠勝から話をひきだすことにしたのである。「阿多もりあつを討ったおり、こなたは其処《そこ》に見ておられたのか」「うん見ておった」忠勝はうなずきながら答えた、「四半《しはん》のぬのに墨絵で蕪《かぶら》の絵を描いためずらしい差物《さしもの》に目をひかれ、思わず馬をかえしたとき、まさに豊後へ一槍《ひとやり》つけたところであった、その折の戦いぶりは今でもありありと眼にのこっておる」直政はほっとした、四半のぬのに墨絵でかぶらを描いたさしもの、、、と云《い》えば一人しかいない、その若者が誰であるかはそのひと言でわかったのだ。「だがそのときのことで、ひとつだけどうしても合点《がてん》のゆかぬことがあるのだ、当人に逢《あ》ってそれをたしかめてみたいと思うのだが、この席へ出ていたら呼びだして貰《もら》いたい」「その者はせがれ直孝《なおたか》の守役《もりやく》でここへは出ておらぬが、ご所望なれば呼び寄せてもよい」直政は侍臣のひとりに余吾《よご》源七郎《げんしちろう》をよべと命じた。

源七郎はかくべつ衆にぬきんでたという男ではない、気質がきわめて恬淡《てんたん》だし、口数がすくなく、すべてに控えめなところが人に好かれているけれども、武勇の点ではあまり華々しいはたらきはしていなかった。それでも性が合うというのであろうか、直政はつねづねかれに目をかけていて、特にわが子直孝の守役に抜擢《ばってき》したくらいであった。――どこかにみどころがあると思ったが。直政はいまはじめておのれのめがねに狂いのなかったことをうれしく思った。

二

源七郎が伺候《しこう》すると、忠勝は待ちかねたようにそば近くへまねき寄せ、手ずから杯をとってかれに与えた。「関ケ原のおりにはめざましくはたらいたな、島津のさむらい大将あた豊後を討ち取ったありさまはまだこの眼にのこっているぞ」「過分の仰せまことに恐れいります」かれは顔の色も変えずにそう答えた。もしやわたくしではございませんと否定するかと思っていた人々は、ではやっぱりそうだったのかと驚きもし、またかれの平然たるようすが心憎くも思われた。「あのときのことでひとつ不審がある」忠勝はかさねて云った、「そのほうが豊後につけた槍はおれの眼にはたしかに竹槍のようにみえた、井伊どののはたもとの武士が竹槍を遣うとはうけとれぬことだし、おれの眼が誤っていたとも思われぬ、いつかそのほうに会ってたしかめたいと思っていたのだが、おれの眼ちがいであったかどうか」「おそれながらお眼ちがいではございません、たしかにわたくしは竹槍を用いておりました」妙な問答になったので、列座の人々はにわかにこちらへ視聴をあつめた。なかには思いあたる者もあるとみえ、うす笑いをうかべながら頷《うなず》き合う者もいた。「それはまたどういうわけだ、野武士、牢人《ろうにん》なら知らぬこと井伊どの旗本にいて槍のしたくができぬ筈《はず》もあるまい、なにか心得があってのことか」「かくべつ申上げるほどの心得とてもございません、ただはたらき易《やす》いものですから用いたまででございます」「それだけではわからぬ、どうして竹槍のほうがはたらき易いのだ」「槍を敵の胴へふかくつけました場合に、これをひき抜くことはなかなかむつかしいものでございます、ことに鎧胴《よろいどう》を徹《とお》しまするといっそう困難なうえにへたをするとつけこまれます、されば乱軍のおりなどには、槍をつけると同時にそれを突っこんだままにして置き、太刀《たち》を抜いて討ちとめるのが手勝ちでございます」「そうか、槍は胴へ突っこんだままにして置き、すぐに刀を抜いて斬《き》るというのだな」「そう致しますと勝負も早く、また一倍とはたらきも自在でございます、しかし」とかれはしずかにつづけた、「いかにそれがよくとも、敵ひとりに槍ひと筋ずつ捨ててゆくわけにはまいりません、そこでわたくしは竹槍を遣うことを考えつきました、竹槍なれば五十や百なにほどのことでもなし、また試みましたところでは鎧胴などへもなかなかよく徹り、むしろ遣いようによっては鑓《やり》よりも役に立つように心得ました」「けれども五十本百本という竹槍を持って戦場を駆けまわることはできまい」「わたくしは三十本ずつ束に致しまして、小者どもに担《かつ》がせて置きます、敵にであうたびに之《これ》を抜きとって遣いますので、べつに不自由はございませ
ん」

「ほう、小者たちに担がせて、それは面白《おもしろ》いな」忠勝はすぐにそのありさまを想像したとみえ、笑いだしながら云った、「そのほうが駆けてゆくあとから竹槍の束を担いだ小者たちがえっさえっさと駆けてゆく、敵に当るとそのほうが束の中から一本ひき

抜いてやっと突っこみ、これを討ちとってまた駆けだす、小者たちも竹槍の束を担いでまたぞろ駆けだす、えっさえっさと駆けだすか、これは面白い」

忠勝の口ぶりもひょうげていたが、そのこと自体がすでに可笑《おか》しみたっぷりだったので、直政はじめ居合せた人々は思わずどっと笑いだしてしまった。けれども源七郎は笑いもせず、悪びれたようすもなく、またむろん誇りがましいところもなく黙ってひかえていた。忠勝はひじょうな機嫌《きげん》でいくたびも手ずから杯をやり、ひきで物として腰の短刀をとって与えた。

そのあくる日、忠勝はしゅったつしたが、あとには思いがけぬ問題がのこされた。すなわち阿多豊後を討った功名人があらわれたことである、しかも本多忠勝という他《た》家《け》のひとによって実証されたのだからそのままに済ませることはできない、現に忠勝さえ短刀を与えているのである、井伊家としても当然なんとか恩賞の沙汰《さた》がなくてはならぬところだった。直政はことに自分がめをかけていた者のことなので、すぐに老臣たちを集めて評議をした。その結果は、なおいちど源七郎によく事実をたしかめたうえ、まさしく相違なしときまったなら恩賞をつかわすがよかろうということになった。

三

その日、佐和山城の大書院《だいしょいん》へよびだされた余吾源七郎は、しゅくん直政をはじめ老臣ぜんぶの顔がそろっているのをみて審《いぶか》しそうにした、なにがはじまるのかまるで見当がつかないようすだった。審問にあたったのは根本玄蕃《ねもとげんば》だった、源七郎は初めてあそのことかとわかったので、阿多盛淳を討ちとめた事実をあっさりと認めた。「たしかにそのほうが討ち取ったのだな、些《いささ》かでもうろんがあってはならんぞ、たしかにそうか」「いかにもたしかにわたくしが討ちとめたに相違ございません」そう答える源七郎の眉《まゆ》にはいささかのまぎれもみえなかった。玄蕃はさらにつづけて、「それではたずねるが、関ケ原合戦のおり豊後を討ったのは自分だとなぜ名乗って出なかったのか、いかなる仔細《しさい》で今日まで秘していたのかそれを申せ」「かくべつ仔細とてもございません、そう致すつもりがなかったので、しぜんとそのままになっただけでございます」「しかし平首《ひらくび》なればともかく侍大将を討ちとめながら、ただ名乗って出る気がなかったと申すだけでは合点がまいらぬぞ」源七郎は黙ってしまった、玄蕃はしばらく待ったが答えがないので、かさねて返答をうながした。すると源七郎はいかにも困ったような顔つきで云った、「わたくしはただひとすじに戦うだけでございます、戦《いくさ》がお味方の勝になればよいので、ひとりでも多く敵を討って取るほかには余念はございません、さむらい大将を討ったからとて功名とも思いませぬし、雑兵《ぞうひょう》だからとて詰らぬとも存じません、名乗って出なかった仔細と申せばこの所存ひとつでございます」

訥々《とつとつ》として言葉は重かったが、その内容には人の胸をうつものがあった、それで玄蕃は意をうかがうように主君のほうへふりかえった。直政は満足そうに頷いて云った。「よくわかった、勢州どの（忠勝）もたしかに認めていることゆえ、もはや不審の余地はないであろう、また唯今《ただいま》の一言は、戦場の心得としてさむらいどもの学ぶべきところがある、恩賞をあらためて五百石《こく》加増をとらせたい、みなに異存があるか」

老臣たちに異存はなかった、玄蕃が拝揖《はいゆう》して恩命を謝すると、列座の人々もいちようによろこびを述《の》べた。直政はそれをずっと見まわしたが、ひとりだけ、そのなかに黙ってしぶい顔をしている者をみつけた。竹岡兵庫《たけおかひょうご》というものだった、つねにひと理屈こねずにいない一徹な性分で、老臣のなかではきけ者の一人である、「兵庫はどうした、なにか異存があるか」「いかにも異存がございます」鬢《びん》には白いものをまじえているが、年は五十になったばかりで、日にやけた逞《たくま》しい相貌《そうぼう》には壮者をしのぐ精気が溢《あふ》れている、かれは一座をねめまわしながら、「御恩典の儀はまことにかたじけのうござります」と無遠慮に云いだした、「また阿多ぶんごを討った手柄もあっぱれと存じます、けれども関ケ原の合戦は一年以前のこと、賞罰もすでにそのとき執《と》りおこなわれております、事実に相違はなくとも、いったんおこなわれた賞罰を今になって改めるとはいかがでござりましょうか」ぐいと兵庫は直政を見あげて云った、「かような事は前例となるものでござります、合戦が終って年数が経《た》ちましてから、あの大将はおれが討った、あの功名はおれのものだと、てんでん勝ちな論争が出ました場合いかがあそばしますか、これはさような時の悪い前例となりは致しませぬか、……余人は知らずこの兵庫は、いまさらの御恩賞はあくまで御無用と存じます」

みんなこえをのんだ、いかにも道理のはっきりした意見で反対のしようがない。云いだした直政も言葉に窮して席はしばらく白けわたった。源七郎はじっと俯向《うつむ》いたままだった、心なしか額《ひたい》のあたりが蒼《あお》ざめているようにみえた。……結局は兵庫の意見がまさしいと認められた、そして恩賞のことは沙汰なしときまって、評議が閉じられたとき、「源七郎にはたずねることがある、しばらく控えておれ」と直政が云った。老臣たちが退席すると、さらに扈従《こしょう》の者をもさがらせ、源七郎とふたりだけになった直政は、「ゆるす、近うまいれ」と自分も膝《ひざ》をすすめた、「いまそのほうの戦場の覚悟を聞いたのでもうひとつたずねて置きたいことがある、それはたかさき在城のおり、せがれ直孝の宿所へ盗賊のはいったことがある、そのとき直孝がみずから賊を斬り伏せたが、そのほうは手をつかねて見ておった、さようであったな」そう云われて源七郎はまぶしそうに眼を伏せた。……それは二年まえ、井伊直政が上野《こうずけ》のくに高崎《たかさき》で十二万石に封ぜられていたときのことだった。かれには直勝、直孝とふたりの子があったが、二男なおたかは庶子で、ある事情のため六歳のときから十三歳まで城外にやしなわれていた。

四

直孝を預かったのは箕輪《みのわ》在の庄屋《しょうや》だった。べつに館《やかた》をつくるでもなく、庄屋の家族とおなじ構えのなかで育てられたが、のちに余吾源七郎が守役として来、小者三人が付けられた。直孝が十歳のとしの早春のある夜、ふたりの賊がその屋敷へ押し入って来た。それと知ったなおたかは寝衣《ねまき》のまま、枕頭《ちんとう》の太刀をとってはね起き、大喝《だいかつ》しながら賊へ斬ってかかった、賊は抜き合せたが、その勇に恐れて庭へとびだした、直孝はそれをひっしと追いつめ、一人を斃《たお》したうえ一人の高腿《たかもも》を斬りはなした、そこへ小者や庄屋の家僕《かぼく》たちが駆けつけて来て、傷ついた賊を生捕りにした。……守役の源七郎はこれだけの事を、縁側に腰をかけて見ていたという、「縁側に腰をかけて」というのは誇張であろうが、黙って見ていたのは事実だった。それが小者の口から城中へ知れたので、かれは直政に呼びつけられてきびしく叱責《しっせき》された。かれはなにも弁明はしなかった、どこまでも低頭して詫《わ》びるだけだった、すこしも悪びれないその態度がよかったので、そのときそれで済ませたのである。……しかし今、玄蕃に問い詰められてようやく戦場の覚悟を申し述べたように、守役としてなにか考えることがあったのではないか、直政はふとそう思いついたのである。

「あのおり予はそのほうを叱《しか》った、そのほうはただ詫びるだけであったが、いま申したほどの覚悟をもつさむらいが、あのときわけもなく手をつかねて見ている道理はない筈だ、なにか心得るところがあってのことと思うがどうだ」

源七郎は困ったという顔でおのれの膝をみつめていた。直政はかさねて促した、それで源七郎はひどく云いにくそうに、「申上げるほどのことではございませんが」とぽつりぽつり答えた、「たとえば、殿には関ケ原のおりどのようにお戦いあそばしましたでしょうか、乱軍のなかに御馬を駆りいれ、矢だまを冒《おか》して敵陣を蹴《け》ちらし、ついには銃撃にあうほどのめざましいおはたらきでございました、なおたか様とても、やがては徳川家一方の大将となるべきおからだでございます、柔弱なおそだてようをつかまつってはならぬと、くれぐれも心を戒めておりました、それだけでございます」

「だが賊を斬ったからよいが、もし若が斬られたとしたらどうする、柔弱に育てぬということは暴勇をやしなう意味ではない筈だ」

「殿には直孝さまを暴勇の質とおぼしめしますか」

直政はぐっと詰った、直孝は暴勇などという性質とはおよそ逆であった、心もからだも虚弱な長子なおかつに比し、直孝は明敏で濶達《かったつ》な気性と、すぐれた健康にめぐまれていた、直政はこれこそ井伊家の世継ぎと思い、ひそかに伝来の采配《さいはい》を与えていたくらいである。

「わたくしは鈍根《どんこん》ではございますが」と源七郎はしずかに続けた、「直孝様を暴勇におそだて申すほど不心得とも存じません、性来のくち不調法ゆえ、理路まさしく申上げることはできませんけれども、あのおりのことは源七郎などが手だしをする必要はまったくなかったのでございます、また万一さような惧《おそ》れがいささかでもみえましたなら、守役のわたくしが手をつかねておる道理がございません、わたくしと致しましては、若ぎみがおんみずから御胆力をためす究竟《くっきょう》のおりと、つつしんで拝見していたしだいでございます」

源七郎の気持がようやくはっきりした、きめどこをきめて、あとはあるがままに任せるという態度、その柔軟な心のひろさがいま直政にはよく理解できたのである。

「それでわかった、もうなにも申すことはない、直孝のことはくれぐれもたのむぞ、心ばかりのひきでものだ、これをとらす」そう云って直政は佩刀《はかせ》をとってさしだした。しかし源七郎は受けなかった、「おそれながら、ただいま阿多ぶんごのことで評議があったばかりでございます、お佩刀を頂戴《ちようだい》いたしましては、評定のきまりに障《さわ》るかと存じます、かたく御辞退をつかまつります」五百石加増がとりやめになった、そのつぐないの意味もあったのだが、それを察したのであろう、源七郎はどうしても受けなかった、そしてしずかに退出していった。

恩賞は沙汰なしになったけれどもかれの名はにわかに佐和山城の内外にひろまった。これまで諸事ひかえめに、あまり口数もきかず、なるべく人のうしろに立つという風だったのが、一番首の功名を隠していたという事実がわかったので、こんどは逆にひどくそれが誇張した噂《うわさ》となって喧伝《けんでん》された、かれはほとんど英雄にさえなった。もちろんそれは世間の評判がそうなっただけで、かれ自身にはなんの変りもなかった、依然として無口な、ひかえめな、印象の鈍い存在だったのである。

五

　御前評議があってからしばらくして、竹岡兵庫のもとから源七郎に招待の使《つかい》が来た。——粗飯《そはん》を呈したいからぜひ。という口上であった、源七郎は承知のむねを答え、約束の刻限にその屋敷をおとずれた。曲輪《くるわ》うちにある兵庫の屋敷は庭もひろく樹《こ》立《だち》も鬱蒼《うつそう》としていて、源七郎の通された客間からはその黒ずんだ緑の梢《こずえ》ごしに城の天守がよく見えた、そのとき昏《く》れてゆく残照をあびたその天守の屋根に、白鷺《しらさぎ》が一羽ひっそりと翼をやすめているのを、源七郎は名ある絵巻でも見るような気持で眺《なが》めていた。……ややしばらく待ったが、やがてひとりの美しい乙女が茶菓を運んで来た。まだ十六七であろう、透きとおるように白い肌《はだ》で、眉のあたりに少し憂《うれ》いがみえるけれど、唇《くち》つきや睫《まつ》毛《げ》のながい眼もとの美しさは類がないように思えた、源七郎はちらと見ただけであったが、ろうたけたという感じのその美貌《びぼう》にはつよく心をひかれた。

「……粗茶でございます」むすめは韻のふかいこえで会釈《えしやく》し、しずかに、作法ただしく去っていった、その声もまた源七郎の耳にながくのこったのである。

　それきり乙女は姿をみせなかった。食事のときには家士が給仕をした。兵庫はたいそうな機嫌で、しきりに古今の戦場ばなしなどを聞かせたが、やがて席をあらため、茶を命じて源七郎とさし向いになった。すでに日は暮れていた、兵庫は縁ちかく坐《すわ》り、しばらくなにか云《い》いかねているようすだったが、やがて思い切ったという風に向き直った、「余吾、とつぜんだが嫁をとらぬか」源七郎は初めて招待の意味がわかった、兵庫はたたみかけるように続けた。「うちつけに申すが相手はわしのむすめだ、せんこく茶を運ばせたから見たであろう、親の口から申しては笑止だが、武家の妻として恥ずかしからぬ躾《しつけ》はしてある、気だても尋常だと思う、貰《もら》って呉《く》れぬか」「おことわり申します」打ちかえすような返辞だった、あまりにすばやく、しかもきっぱりとした返答なので兵庫はちょっと息をのんだ。

「ことわる、ほかに約束でもあるのか」「さようなものはございません」これもはっきりしていた、兵庫はじっとその顔をみつめながら、「ではもしや、せんじつの評議でわしが恩賞とりやめを申し張ったのが気にいらぬのではないか」「さような男にみえますか」笑いもせずに源七郎は云った、「なるほど不快でなかったとは申しません、しかし不快に思いましたのはこなた様に対してではなく、五百石ご加増との仰《おお》せを聞いて、ふとよろこびを感じたおのれのあさはかさでございました、正直に申しますがわたくしは恥ずかしさに身が竦《すく》んだくらいでございます」

「ではなにが気にいらぬのだ、わしも底を割って云うがあの娘だけはかくべつ可愛《かわい》い、五人ある子たちのなかであれひとりはかくべつなのだ、たのむ、そこもとをみこんでたのむのだ、どうか嫁にもらって呉れ」

「せっかくのお志ではございますけれども、これだけはお受けをいたし兼ねます」

「なぜいかん、むすめが気にいらんのか」

「そうではございません」源七郎はぎりぎりに追いつめられた、それでしかたなしに云いたくないことを云わなければならなかった、「申しにくいことではございますが、こなた様は千石のご老臣、わたくしは三百石の若ぎみお守役でございます、上役より妻《めと》を娶りましては、ゆくすえ女房《にょうぼう》のゆかりで出世をしたなどと申され兼ねません、さればこなた様にかぎらず、おのれより身分たかき家からは娶らぬ覚悟でございます」

きっぱりと心きまった言葉だった、兵庫は落胆のさまを隠そうともせず、力のぬけたような調子で、「そうか、うん、そうか」とうなずくばかりだった。

竹岡からはなしのあったのがきっかけのように、諸方から俄《にわ》かに縁談が持ちこまれだした。身分のたかい家ばかりではなく、同格より下からも、才媛《さいえん》のきこえの高いものをすすめてきた、けれどもなにゆえか源七郎はうんと云わなかった。「じつはさる方からいちど縁談があり、わたくしの勝手からおことわり申しました、その方への義理として、当分は妻を娶る考えはございませんから」どんな縁談にもそう答えるだけで、どうすすめてもはなしは纏《まと》まらなかった、それでついには世話をしようというものもなくなり、独身のまま月日が経っていった。

六

あくる年の二月、直政が病死して長子なおかつが家督をし、間もなく城地を彦根《ひこね》へ移された。慶長十年には直孝が十六歳で将軍家に召され、おそば仕えを命ぜられたので源七郎も供をして江戸へくだった。この年に秀忠《ひでただ》は征夷大将軍《せいいたいしょうぐん》となり、大坂城の秀《ひで》頼《より》は内大臣に任ぜられた。徳川と豊臣《とよとみ》氏のあいだにようやく不穏の雲ゆきが動きはじめたのもこの時分からである。おなじく十三年に直孝は書院番がしらとなり、十六年には二十二歳で大番のかしらに累進《るいしん》した。余吾源七郎はこのあいだに五百石の徒士《かち》がしらとなっていたが、まだ娶らず、黙々として目立たぬ奉公ぶりを続けていた。

かくて慶長十九年霜月《しもつき》、ついに関東と関西のあいだに戦端がひらかれ、関ケ原いらいくすぶっていたものがゆきつくところへゆきついた。直孝は病弱な兄に代って大坂へ従軍し、生玉口《いくたまぐち》から真田丸《さなだまる》の攻撃にめざましいはたらきをした。この戦《いくさ》は十二月十七日に和睦《わぼく》となり、いったん両軍は兵をおさめたけれども、あくる元和《げんな》元年（一六一五）四月ふたたび開戦となった、すなわち夏の陣がこれである。……冬の陣には直孝の帷幄《いあく》にあった源七郎は、このたびは右翼の部将となり、二百余人の兵をあずかって陣頭に立った。

源七郎のさしものが変ったのを、そのときはじめて人々はみつけた。四半《しはん》の布に墨絵で蕪《かぶら》をかいたものが、その蕪の下にあたらしく一連の数珠《じゅず》を描き加えてある、蕪だけでもかなり変った差物《さしもの》だったのに、数珠が加わったのでひどく眼についた、「差物が変ったな、どうしたんだ」「ひどく仏くさいものを描きこんだではないか、なにか発心《ほっしん》でもしたのか」みんなしきりに不審をうったが、源七郎は苦笑するだけでなにも語らなかった。

合戦のありさまを精《くわ》しくするいとまはないが、このたびは大坂軍もその運命を賭《と》していたので、ずいしょに激しい戦闘が展開した。そして五月七日午後のことである、……天王寺口の側面攻撃を命ぜられた井伊軍は、藤堂《とうどう》軍と共に果敢な進撃を開始した。しかしこの攻撃はかねて敵の期して待つところだったとみえ、出ばなを叩いて火の出るような反撃に遭った、まことに烈火のような反撃だった、井伊軍は旗奉行《はたぶぎょう》はらみいし春時《はるとき》、広瀬《ひろせ》まさふさを討たれ、挽回しがたしとみてついに退却令を出し、秀忠の陣へといったん兵をひかせた。けれどもそのなかにあって余吾源七郎は動かなかった、かれは右翼の攻めくちにしがみついていた、二度まで退却をうながされたが、その部下と共に必死と攻め口を確保していた。……濛々《もうもう》たるつちけぶりがその死闘の集団を押しつつんでいた。つちけぶりのなかに斬りむすぶ太刀が光り、槍の穂がひらめいた、影絵のようにいり乱れる兵馬、すさまじい叫喚《きょうかん》と呶《ど》号《ごう》が天にどよみあがった。悪戦苦闘とはまさしくこのことであろう、兵はしだいに討たれ、敵の攻撃はいささかもゆるまなかった。そしてこの惨憺《さんたん》たる一角に、ひとつの差物が微動もせずはためいていた、「墨絵かぶら」のさしものである、数珠を描き添えた墨絵かぶらの差物は一歩も動かなかった。

それは不退転の象徴だった、悪鬼羅刹《あっきらせつ》の旗じるしともみえたのである。

余吾の隊士はほとんど全滅した。しかし多くのばあい戦の成敗は微妙なある瞬間に懸《かか》っている、全滅を期した源七郎の戦気が、ついに敵の鋭鋒《えいほう》を挫《くじ》くときがきた。そして敵兵の足なみが鈍るとみえたとき、そのときに前田利常《まえだとしつね》と片桐《かたぎり》かつもとの軍が怒濤《どとう》の如《ごと》く突っこんで来た、この二隊は源七郎の確保した攻撃路をひた押して、天王寺口へとむにむさんに斬っていった。大坂軍前衛の大きな拠点たる天王寺口のまもりは、かくして前田片桐その他の諸隊によって、確実に攻め破られたのであった。

大坂城が落ちたのはその翌八日のことだった。源七郎はいくさ目付《めつけ》の審問をうけ、軍令にそむいた事実を糺《ただ》された。退却の命を無視したうえ、部下をほとんど全滅させたからである、しかもその結果としては、前田片桐らに功をなさしめたのみで、井伊軍のためにはなんの役にも立たなかった。軍令にそむいた罪は重い、かれはその場で帯刀をとられたうえ、ただちに彦根《ひこね》へ逼塞《ひっそく》を命ぜられた。

七

直孝が彦根城へ凱旋《がいせん》したのは秋八月であった。そこで正式に家臣の恩賞がおこなわれ、終ってから余吾源七郎の審問がひらかれた。直孝じきじきの裁きで、おもだった老臣たちも席に列した。問罪の理由は明瞭《めいりょう》である、しかし直孝はどうかして源七郎を助けてやりたかった。守役として十余年のあいだ仕えてきたかれ、寵臣《ちょうしん》であるのにいつもへりくだって人のうしろに立つようにしていたかれ、目だちはしないが誠実な奉公ぶりにゆるみのなかったかれ、そういうこしかたの源七郎を思うと、いまここで重科におこなうにはどうしてもしのびなかったのである。

「軍令にそむく者は、厳罰だとかねてきびしく触れてある」直孝は噛んで含めるようにそう云った、「そのほう日頃の気質として、それを知りながら犯したとは信じられぬ、もっとも乱軍のなかのことゆえ、伝令を聞き誤るということはありがちだ、そこをよくよく考え、思い違いのないように返答せよ」

源七郎は平伏したまましばらくなにも云わなかった。しかしそれは思い迷っていたのではなく、よく考えろという主君の言葉をすなおに受けただけであった。

「恐れながら」とかれはやがてはっきりと答えた、「退陣せよとの軍令はたしかに承《うけたまわ》りました、決して聞き誤りはございませんでした」

「ではいかなるわけで退陣しなかったのだ」

「まったく源七郎の不所存でございます、なにとぞ掟《おきて》どおりの御処分をお願い申上げます」

「ただ不所存ではわからぬ、重科を承知で軍令にそむいたには仔細がある筈だ、それを申せ、包み隠さず申してみい」

「恐れながら申上ぐべきことはございません、なにとぞ掟どおりのお申付けのほどを」

どう訊《たず》ねても答えはおなじだった。原因がはっきりしているうえに当人がなんの申開きもしないので罪を軽減するたよりがない、直孝もこれでは助けようがなかった、それでついに裁決をくだした。「軍令にそむき、二百余の兵を喪《うしな》った罪によって、切腹をも申付くべきところ、祥寿院《しようじゆいん》さま（直政）以来の功にめんじ、食禄《しよくろく》めしあげその身は追放に処す」源七郎は平伏して拝受した。老臣たちのあいだから憐愍《れんびん》の沙汰《さた》を願いでるかと思ったが、みんな一言もなく直孝の裁《さば》きに服した。それでいよいよ罪がきまったかとみえたとき、「恐れながらお裁きはそれだけでござりますか」とどなるように云った者がある、人々は不意のことでびっくりしながらふりかえった、竹岡兵庫であった。よほど激昂《げつこう》しているとみえて、かれの顔は赧《あか》く血がみなぎり、眉はきりきりとつりあがっていた。

「それだけとはまだなにかあるのか」

「ござります、恐れながら軍令にそむきました点のお咎《とが》めは承りました、しかしまだ源七郎の手柄に対しての御恩賞の沙汰はうかがいません、御失念かと存じます」

「源七郎の手柄とはなんだ」

「それを兵庫めから申上げねばなりませぬか」かれはひたと直孝をねめあげた、ひと理屈こねるかれの風貌《ふうぼう》が、そのときほどすさまじくみえたことはない、「なるほど源七郎はその部下をほとんど全滅させました、しかしそのために攻め口を確保し、天王寺口への攻撃路をやぶることができました、総攻めの端緒《たんしょ》をつかんだのは源七郎の手柄でござります」兵庫はそう云いながらぐいと身をすすめ、拳《こぶし》でおのれの膝《ひざ》を打ち叩いた、「軍令を守るべきは戦陣の掟なれども、それだけで合戦はできません、いくさは生きもの、目叩《またた》きをするひまにも絶えず転変がござります、かのおりもし源七郎が軍令にしたがい、攻め口をひき払いましたならば、掟には触れず兵を損ずることもなかつたでござりましょう、しかし同時に天王寺口の突破は延び、大坂城の陥落はさらに時日を要したに相違ございません、およそ戦場において」とかれは声をはげまして叫んだ、「勝敗の決するところはまことに機微、ここぞと思う一刹那《ひとせつな》にはなにを捨てても戦いぬく覚悟がたいせつでござります、源七郎はその一刹那を戦いぬきました、軍令にそむく罪も承知、隊士もろともおのれの身命を抛《なげう》って戦いぬきました、かれの罪は罪、しかしこの一点をみはぐっては戦場の魂はぬけがらとなります、列座のかたがたにもたずねたい、余吾源七郎の戦いぶりをどこまでも重科に当るとお思いなさるか」

まるで叱りつけるような叫びである、しかしそれを聞く直孝の眼には涙がうかんでいた、眉はあかるく、唇《くち》もとには微笑があった。老臣たちが感動したのは云うまでもない、ただひとりだけ、当の源七郎だけは平然と色も変えずに控えていた。「兵庫の意見をどう思うぞ」直孝はやがて一座を見まわした。「道理もっともと存じまする」「わたくしも道理至極と存じます」つぎつぎに老臣たちは賛意を表した、直孝はこころよさそうに頷《うなず》いて、

「では予の裁決はあらためる、軍令にそむいた罪は咎めよ、しかし手柄は手柄としてよくとり糺《ただ》すがよい、評議のしだいはおって聴くぞ」かくてその日の審問は閉じられた。

八

源七郎の賞罰は間もなくきまった。掟に触れた罪によって食禄半減、しかし天王寺の攻め口を死守した功に対して五百石の加増があった。かれの元高は七百石になっていたので、つまるところ八百五十石に増したわけである、なお間もなく旗奉行にとりたてられた。逼塞《ひっそく》をゆるされて、源七郎がひさかたぶりに屋敷の門をひらいた日のことである、まえぶれもなく、竹岡兵庫がおとずれて来た。……残暑の頃にはめずらしく涼しい秋風の吹く日で、狭い庭さきには芙蓉《ふよう》の白い花がしずかに揺れていた。

「こう膝をつき合せて話すのは絶えてひさしいことだな」客間に対座すると、兵庫は

めっきり皺《しわ》のふえた顔に元気な笑をうかべながら云った。

「さようでございます、佐和山でおまねきにあずかりました以来でございましょうか」

「あのときは馳走損《ちそうぞん》であったよ」からからと笑ってから、兵庫はいかにも不服そうな調子で、「余吾、おぬしは妙な男だな」と云いだした。

「なんでございますか」

「せんじつお裁きのおりなぜ申開きをしなかったのだ、殿にも罪を軽くするおぼしめしでいろいろ御苦心あそばしたごようすではないか、それを知らぬ顔で、わざわざ罪を求めるような答弁をする心底がわからぬ、いったいおぬしはどういう考えでいたのだ」

「べつにどういう考えもございませんでした」

「ではお裁きどおりの罪におこなわれても不服はなかったと申すのか」

「さようでございます」源七郎は低いこえでしずかに云った、「わたくしは鈍根でございますから、ひとすじに戦うほかにはなんの思案もございません、身命を賭《と》して戦えばそれでよいので、それからさきのことはどうあろうともなりゆきしだいだと存じております」

きっぱりと割りきったものである、兵庫はうむと呻《うめ》き、しばらくは惘然《もうぜん》と源七郎をみつめていた、そしてやがて大きく頷いた。

「むかしから、そのもとのひとがらはなにかを聯想《れんそう》させると思っていたが、ようやく思い当った」「…………」「青竹だ、まっすぐに高く伸びた青竹を二つに割ったようだ、しかしよくそこまでさっぱりと思いきれるものだな」「鈍根のとりえでもございましょうか」そう云って源七郎はそっと微笑した。

「そこで、じつは用談がある」兵庫は坐りなおした、「こんどこそいなやは云わさぬぞ、嫁をとれ」「…………」「お旗奉行に出世もしたし、年から云えばもう遅きにすぎる、どうだ、うんと云わぬか」「おことわり申します」「なにまだそんなことを申すのか」「せっかくではございますが、わたくしは生涯つまは娶《めと》りません」そう云いながら、源七郎の眉はいかにも苦しげに曇ってきた、兵庫はそれを訝《いぶか》しそうに見まもっていたが、「生涯めとらんで家の血すじをどうする」「家のためには、すでに養子をきめてございます、ご好志にはそむきまするが、縁談のことばかりはご無用にねがいます」「なぜだ、その仔細をきこう」たたみかける兵庫の言葉に、源七郎はしばらく、じっと眼を伏せていた。ずいぶんながいあいだそうしていたが、やがて、低くむせぶような声で云いだした。

「いまより十四年まえ、わたくしはおのれの増上慢から、またとなき縁談をおことわり申しました、うえより娶っては、女房のゆかりで出世したと云われるなどと、未練きわまる心得にて……まことにまたなき縁談をことわりました、あとで悔みましたが及びませんでした、そのうえ、たぐい稀《まれ》な美しいそのひとは、間もなく病んで亡《な》くなったのでございます」兵庫はつよく胸をうたれた、――ああそれを知っていたのかと思い、心をしめつけられるように感じた。源七郎が直孝について江戸へ去ったあと、二年ほどして娘ははかなく病死した、清浄なままで仏になったむすめの死顔は、いま思いかえしても気高く美しいものであった。かれは亡き娘の心をつがせるつもりで、親族のなかから然《しか》るべき者を選み、源七郎に娶らせようとして来たのである。

「わたくしの眼には、いまなお美しいそのひとの姿がみえます、たったひと言きいただけですが、そのひとの声もまざまざと耳にのこっております。……わたくしの妻はそのひと、ほかに余吾家の嫁はございません」

「そう思って呉《く》れるか、源七郎」

「さしものに描き加えました数珠《じゅず》は、生涯そのひとに供養を忘れぬしるしでございます」

云い終ると同時に、かれは両手で眼を押えた、兵庫の老《おい》の眼からもはらはらと落つるものがあった。……湖のほうから吹きわたって来る風は、しばらく声のとだえた客間にしのびいり、廂《のき》さきに吊《つ》った風鈴《ふうりん》を咽《むせ》ぶように鳴らせていた。

紅梅月毛《こうばいつきげ》

一

慶長《けいちよう》十年（一六〇五）二月はじめの或《あ》る日、伊勢《いせ》のくに桑名城《くわなじよう》のあるじ本多中務大輔《ほんだなかつかさたいふ》忠勝《ただかつ》の家中《かちゆう》で、馬術に堪能《たんのう》といわれる者ばかり十六人が城へ呼ばれた。深谷《ふかや》半之丞《はんのじよう》もそのひとりだった。かれが登城して遠侍《とおざむらい》の間へはいると、そこにはもう殆《ほと》んどみんな集まって、さかんに馬のはなしをしているところだった。それでかれはいつものように片隅《かたすみ》へ坐《すわ》って、黙って人々のはなしを聴いていた。

「馬についてはわれらの殿にたくさん逸話がある」

松野《まつの》権九郎《ごんくろう》がそう云《い》いだした。

「小牧山《こまきやま》の合戦《かつせん》のときだったが、永井与次郎《ながいよじろう》どのが乗り損じて落馬した、馬はそれてとびあがりとびあがり敵のほうへと奔《はし》ってゆく、永井どのはすぐ追いかけたが徒《かち》だちだからとても及ばない、と見るなり、殿は御乗馬にひと鞭《むち》あてて永井どのを追いぬき、それ馬をひっしと敵勢の中へ追いこんだうえ取り戻しておいでになった」

「そうだ、あのときは敵兵も歯嚙《はが》みをして、憎き本多がふるまいかな、とずいぶん口惜《くや》しがったそうだ」

「また関ケ原のときにもある」

権九郎はつづけて云った。

「九月十五日の戦《いくさ》はお旗まわり四百騎の少数で先陣をあそばされたが、一戦のはじめに流れ弾丸《だま》で御乗馬が斃《たお》された、お乗り替はない、どうなさるかと思ったら、殿には傍《かたわら》にあった石へ悠然《ゆうぜん》とお腰をかけてしまわれた。箭弾丸《やだま》の飛んで来る戦場のまん中で、こう……悠然と石に腰をかけて待っておいでになる、そこへ井伊《いい》どのの老臣で木俣土佐《またとさ》という者が馬を煽《あお》って来た、殿には大音に呼びとめて、――馬を貸し候《そうら》えと仰《おお》せられたが、相手も合戦のまっただ中で馬をゆずるわけにはいかない、お貸し申すこと相かなわず、と答えていってしまった、五人までそうやってお呼びとめあそばしたそうだ、あとで将軍家（家康《いえやす》）が、足でも萎《な》えたか、とお笑いなされたら、『足は萎えませぬが平八郎忠勝ともあるものが徒《かち》だちの戦をしては御名にかかわりまするので』とお答え申上げられたとのことだ」

「そのとき殿がお呼びとめあそばした者のなかに深谷半之丞もいたんだ」田中善左衛《たなかぜんざえ》

門《もん》という者がそう言葉を挿《さ》しはさんだ、「かれも殿にその馬貸せと呼びとめられた、ところがかれは見向きもせず、御免候えと云ったきり駆け去ってしまった」

「いや、あれにはわけがある、あのとき深谷は敵の侍大将を追い詰めていたんだ」

「そうだ、鷲津《わしづ》対馬《つしま》をひっしと追い詰め、馬を合わせたとみるなり一槍《やり》で突き落した、実にあざやかな突きだった、なにしろあれはお旗まわり随一の兜首《かぶとくび》だったからな」

「そのとき深谷どのの乗っておられたのは名馬だったそうですね」

若侍のひとりが下座のほうからそう訊《たず》ねた。

「たいそう珍しい毛並だったそうですが」

「あれは紅梅月毛《こうばいつきげ》というのだ」渡辺弥九郎《わたなべやくろう》がひきとって答えた、「月毛というのは元来はつきという鳥の羽色からきたもので、今の鴇《とき》色のちょっと濃いのをいうのだが、深谷のはそれに紅をかけたような毛並だった、いまそこで云うように鷲津との一戦はみごとなものだったが、あの馬がまたとびぬけて良かった、こう突っ込んでいってのしかかった時のすがたはまるでその まま敵を呑《の》んでしまうかと思われた」

「それでその馬はどうしたのですか」

「惜しいことに深谷が鷲津対馬のしるしをあげているうちにそれてしまった、あれな

ど は 正《まさ》しく名馬というべきだったろうのに、残念なことをした」

はなしはひとしきり紅梅月毛に集まった。

それは半之丞が慶長五年二十二歳のとき関ケ原の合戦に乗った馬で、かれはその戦に兜首二級のほか十余騎を討ち、当日の功名帳では上位につく手柄《てがら》をたてたのであるが、馬は流弾にでもやられたものか、戦場の混乱のなかへそれたまま戻らずじまいだったのである。

「いや、あれは名馬ではなかった」松野権九郎が頭を振りながら云った、「おれはよく知っているが、あれはごくあたりまえな平凡な馬だった、深谷は乗るのも抜群だが飼うのはさらに上手で、ごく平凡な馬だったのをあれまでに育てあげたのだ、しかしまず駿足《しゅんそく》というところだろう、決して名馬などではなかったよ」

「それは深谷も自分で云っているな、われわれには駿足くらいが頃あいで、それ以上の馬は飾り道具だと、……だが紅梅月毛は名馬といってもそれほど不当ではなかったよ」

こうして一座の話題の中心になっているのに、当の深谷半之丞は隅《すみ》のほうに坐ったまま黙っていた。かれの無口は名だかいもので、こういう座談などには決して加わったことがないから、まわりの者もしぜんと馴《な》れてしまい、今ではかれがいてもいなくても、平気でかれの評判をするようになっていたのである。

「ご一同お縁側へ」

間もなく近習番《きんじゆばん》の侍がそう伝えに来たので、かれらは衣紋《えもん》をかいつくろいながら遠侍から出ていった。

二

本多忠勝はそのとき五十八歳だった。生涯に五十七たびも戦場に臨み、なんども生死の境をくぐって来たが、身にはかすり疵《きず》ひとつ受けなかったという、近頃は自分でも「寸が詰った」と苦笑するとおり、ぜんたいの感じが枯れてきたようであるが、それが却《かえ》って奥底の深いしみじみとした風格となって、どうかすると俗塵《ぞくじん》を超脱した老僧のような印象を人に与えるのだった。

「これはまだ内聞ではあるが、ちかぢかうち将軍家において大切な御祝儀《ごしゆうぎ》がある」忠勝は低いさびのある声で云った、「そのおり伏見《ふしみ》城の大馬場において馬競《うまくら》べを催すゆえ、譜代の家中よりおのおの一騎ずつ選んで出すようにとの御内達があった、……それで当城からも一名だけ選びだすわけであるが、一代名誉の催しといい、此処《ここ》に集まった者はいずれも馬術堪能で、おれから誰とも指名がしにくい、そこで誰にも不平のないよう、そのほう共から札を入れて、最も数多く入った者をそれに当てようと思う、もしこれに異存のある者は遠慮なく申し出るがよい」

みんなにわかに膝《ひざ》を固くした。近いうち家康が秀忠《ひでただ》に世を譲るという噂《うわさ》はかねて聞いていた、それは前年の六月はじめて西国諸侯が江戸へ証人を送った頃からの噂で、「大切な御祝儀」というからにはそれが事実となるに違いない、そうだとすれば正しく一代名誉の催しである、われこそ、と思わぬ者はなかったであろう、忠勝はそれを察して入れ札という方法をとったのだ。

誰にも異存はなかった、そこですぐ近習番の者が用意してあった筆紙を運び、十六人はそれぞれ順に札を入れた。すっかり済んで札が集まると、忠勝が自分でそれを読みあげた。

「……深谷半之丞」

まずはじめが半之丞だった、次ぎもそうだし三枚めもおなじだった。

忠勝は苦笑しながら「だいぶ半之丞に人気があるな」そう云って読みつづけた。

ところが松野権九郎に一枚はいったきりで、あとの十五枚はみんな半之丞だった。

「ほう」みんな自分で入れながらやっぱりそうかと思った。忠勝も予想はしていながらそれほど気が揃《そろ》おうとは考えなかったのでちょっと眼を瞠《みは》った。

権九郎ひとりはなにやら腑《ふ》におちぬようすで、

「わたくしのは一枚きりでございますか」と首を傾《かし》げながら訊《き》いた。

「そうだ、なにか不審があるのか」

「いや、不審ということはございませんが」

そう云いながらなにか未練のありそうな眼つきをしているので「三枚や五枚あっても深谷とは勝負にはならんぞ」と云う者があり、みんなくすくす笑いだした。

「……さて半之丞」忠勝はかたちを改めて云った、「これで馬競べに出るのはそのほうときまった、桑名一藩の名代《みょうだい》ともいうべき役目だ、まだ時日はあるから充分に稽古《けいこ》をして置くがよい、それからもし家中の馬で気にいったものがあったら、誰の持馬でも遠慮なく乗ってよいぞ、その旨《むね》はすでに老職へ申し達してあるから」

半之丞は平伏してお受けをしたが、さして感動したようすもなくしずかに、みんなと一緒に御前をさがった。

遠侍へ来るともう早速「おれの馬に乗って呉《く》れ」という申込みがはじまった。

「拙者《せっしゃ》の背黒は南部産の五寸《いっき》（馬の丈を計《はか》るのに四尺より三寸までをスンで数え四寸より七寸までをキという）で駆けの速さは格別だ、是非とも拙者の馬に乗って呉れ」

自分のは木曾《きそ》産の逸物だ、おれのは三春《みはる》の駿馬《しゅんめ》だといって、聞き伝えた者がつぎつぎとせがんできた。一代晴れの競べ馬だし乗りてが半之丞だから、自分の馬で勝たせたいと思うのは人情に違いない、だが半之丞は漠然《ばくぜん》たる顔つきでうんともおうとも云わず、時刻になるとさっさと城を退出してしまった。

深谷の家は武家屋敷のはずれにあり、すぐ裏に揖斐《いび》川の流れが見えている、門をはいると正面が住居で、左へかなり広い庭がひらけ、一棟《ひとむね》の家士《かし》長屋が建っている、その長屋と鉤《かぎ》の手になるかたちで住居にくっつけて厩《うまや》があった。

帰って来た半之丞は住居へははいらないで、庭を横切って厩のほうへいった。そこでは今しも十七あまりになるひとりの娘が、馬盥《ばだらい》にぬるま湯をとって馬のすそを洗っているところだった。

「お帰りあそばしませ」

近寄って来る半之丞をみると、娘は急いで裾《すそ》をおろしながら立って会釈《えしやく》した。襷《たすき》もはずそうとしたが、半之丞は手まねで制して馬のそばへ寄り、平首のあたりをそっと叩いた、それは二寸あまりの鹿毛《かげ》で、どこという特徴もないごくありふれた馬だったし、十日ほどまえから腹を悪くしているので、眼の色も濁り毛並に艶《つや》がなく、ぜんたいにひどくみすぼらしい感じだった。

「干葉《ひば》の湯ですそをしたらよいと伺いましたので、今ためしてみたところでございます」

娘がそう云った。

半之丞は黙って厩の中へはいってゆき、寝藁《ねわら》を搔《か》きまわしたり、排泄物の匂いを嗅《か》いでみたりした。娘は片手で馬の脇腹《わきばら》を撫《な》でながら、吸いつけられるような眼で半之丞のうしろ姿をじっと見まもっていた。

三

娘は名をお梶《かじ》といい、この家の口取りの下僕《げぼく》で和助《わすけ》という者の妹だった、くりくりとよく肥えてはいるが肉の緊《しま》ったからだつきで、いつも頰《ほお》に赤みのさした、明るい、命の溢《あふ》れるような顔だちである。口取りをする兄のそばに育ったためか、お梶は馬の世話をするのが好きで、近頃《ちかごろ》では兄の和助さえ「おれより上手だ」というくらい、すべてが手にいったものであった。

「どうもよくないな」

厩から出て来た半之丞は、憐《あわ》れみのこもった眼で馬をみつめながら、平首から鬣《たてがみ》あたりを撫でた。

「せっかく晴れの馬場へ出られるというのに、……これではだめだ」

「なにかお催しでもございますのですか」

娘は耀《かがや》くような眼で半之丞を見あげた。

お梶だけには半之丞はよく口をきいた、気が合うというのか、娘が控えめで諄《くど》いところがないためか、二人になるといかにも気がるに話をする。しかし今はなにかしらこころ重げで、うんと頷《うなず》いただけだった、そして間もなく住居のほうへ去っていった。

明くる朝はやく松野権九郎が訪ねて来た。

「おまえひどいやつだぞ半之丞」

相対して坐るといきなり権九郎がそう云った。

「昨日の入れ札におまえは自分の名を入れたろう」

半之丞はまじまじと相手を見るばかりでなんとも云わない、権九郎はもくぞう蟹《がに》のように毛の生えた手で膝を叩いた。

「おれにはちゃんとわかっている、十六枚の札が十五枚まで半之丞であるわけがない、断じてあり得ないことなんだ、なぜかといえばだな」

かれはにやっと笑った、

「なぜかといえば、一枚はいった松野権九郎の札はすなわちおれが自分で入れたんだ」

半之丞はびくともしなかった。

「おれの札をおれが入れたからには、おまえがおまえ自身に札を入れぬかぎり十五枚集まるわけがない、どうだ、それに相違あるまい」

「念を押すことはないさ」ようやく半之丞がそう云った、「百遍やれば百遍、おれは自分に札を入れるよ」

「一言もない、おれもたぶんそうするだろう、だがそれはそれとしてたのみがある、ちょっと庭へ出て呉《く》れ」

権九郎はせかせかと座を立った。

「さあ……ちょっと庭までだから」

半之丞はしぶしぶ立ちあがった。権九郎は自慢の馬を曳《ひ》いて来たのである、つまり競べ馬には是非その馬に乗って貰《もら》いたいというのだ。しかし半之丞が庭へおりるとすぐ、表から新しい客が馬を曳いてはいって来た。

「深谷どの、話ではわからぬから実物をごらんにいれ申す、この馬を見て頂きたい」

「待て待て」権九郎がおどろいて立ち塞《ふさ》がった、「おれが先着だ、おれの馬が済んでからにしろ、順番だ」

そう云っているところへまた一頭、逞《たくま》しい月毛を曳き入れて来る者があった。そしてすぐまた一頭、続いて二頭、あとからあとからと忽《たちま》ち十四五頭の馬が庭いっぱいになった。葦毛《あしげ》あり、鹿毛あり、白、栗毛《くりげ》、青など、とりどりの馬が犇《ひし》きあい、朝の光りにつやつやとした毛並を競って、あっちでもこっちでも蹄《ひづめ》で地を蹴《け》ったり勇ましく嘶《いなな》いたりした。

「さあ、よく見て呉れ、こいつは風のようにとばすぜ」ひとりがそう云えば「まあこのすばらしい足を見ろよ」と別の男が云う。

「そう眺《なが》めていたってしようがない、とにかくいちど乗ってみろ、ひと駆けすればこいつがどんな馬かわかるんだ」

そんなことを口ぐちに叫びながら、みんな自分じぶんの馬をうまく心を惹《ひ》くように曳きまわしたり、轡《くつわ》を小づいて嘶かせたりした。

半之丞は黙って興も無い顔つきでその馬の群を見まわしていたが、やがてその眼が吸いつけられるように或《あ》る一点へいって止った。そのようすに気づいて人々がふり返ると、門をはいった隅のところに、濃い栗毛のすばらしい逸物が一頭いた。

首の伏兎《ふくと》というところから脊梁《せきりょう》、腰へかけての高く逞しい線、琵琶股《びわまた》から蹄《ひづめ》へながれる緊った肉付きなど、見るからに逸物という感じである。これほどの馬は本多家中にもそう数多くはない。

「ああ河内《かわち》どのの馬だ」誰かがそう云うと追っかけて「見ろ、牡丹《ぼたん》がいる」「河内どのの牡丹だ」と云い交《か》わす声がつぎからつぎへと伝わっていった。それは老臣松下《まつした》河内の飼い馬だった。飛騨《ひだ》の産で牡丹と号し、かつて京の二条城《にじょうじょう》で徳川秀忠の眼にとまって所望《しょもう》されたが、河内はどうしても肯《き》かなかったという由緒《ゆいしょ》のあるものだった。

半之丞はしずかにそっちへ近寄っていった、そしてそばへ寄ってみておどろいた、その馬の口を取っているのは娘だった、くすんだ縞《しま》の布子《ぬのこ》に葛布《くずふ》の男袴《おとこばかま》を着け、余るほどの黒髪の根をきっちりと結んで背に垂れている、見かけがあまり質素なので気づかなかったが、こちらへふり向いた顔はまぎれもなく若い娘だった。しかも色のぬけるように白い、眉《まゆ》つきの秀抜な、少し眼もとに険はあるが、ぬきんでた美貌《びぼう》である。

「これは御老職のお馬ですね」半之丞はそう問いかけた。

「これを貸して頂けるのですか」

四

「はいそのつもりで曳いてまいりました」

娘は大きく瞠《みひら》いた眼で半之丞を見あげながら頷いた。響きの美しい澄んだ声である。

「お気に召しましたらお乗り下さいまし」

「貸して頂きましょう」

かれはそう云うと、娘の手から手綱《たづな》を受取り、目礼をしてしずかに厩《うまや》のほうへたち去った。

「つまりそういうわけか」松野権九郎が呻《うな》るようにどなった、「みんな帰ろう、馬はきまったぞ、相手が牡丹では文句も云えぬからな、たんぽぽやれんげは退散だ」

皮肉とも諦《あきら》めともつかぬ言葉にみんな笑いだし、やがておのおの自分の馬を曳いて去っていった。

厩の前に立ってさっきから庭のようすを眺めていたお梶は、半之丞が牡丹を曳いて来ると「まあ」といって大きく眼をみはった。

「みごとなお馬でございますこと、伏見の競べ馬にお乗りあそばすのでございますね」

「そうだ」

半之丞はそう頷きながら手綱をお梶にわたした。そして前へまわって馬の臏《みはり》のところを指で撫でたり、口の糠付《ぬかつき》を押しつけてみたりした。馬は不安らしくびりびりと脇腹を震わし、首を振るかと思うと前足で地を掻いた。

「癇《かん》が強そうでございますこと」

「うん、少しこなさなければなるまい」

「鹿毛は口惜《くちお》しゅうございましょう」

半之丞はふと娘を見た。お梶は妬《ねた》ましそうに牡丹の横顔を見まもっていた。……病気でさえなければ鹿毛が出るところだ、晴れの催しに自分の丹精した馬がお役にたたない、口惜しいというのは寧《むし》ろお梶の気持だったろう、半之丞は黙って眼をそむけた。

その日の午後になって松下家から人が来た。会ってみるとその朝牡丹を曳いて来た娘だった。

しかしこんどはあでやかに衣装を着替え、うす化粧さえしているので、すぐれた美貌が洗いだされたように耀いてみえた。侍女とみえる小女をうしろに、座へ就《つ》いて会釈をするとすぐ「どうぞこれをごらん下さいまし」といって娘は書状をさしだした。

それは松下河内から半之丞に宛《あ》てたものだった。披《ひら》いてみると「伏見の御前馬競べに牡丹を選んで呉れて珍重である」という書きだしで「……ついては催しの日までの飼い役としてむすめ阿市《おいち》を差遣《さしつか》わす、牡丹を今日まで飼い育てたのは殆《ほと》んど阿市ひとりの丹精であるし、当人もたっての望みであるから、当日まで安心して任せて貰いたい」そういう意味のことが認《したた》めてあった。

読み終った半之丞は娘を見た。娘は両手をついて半之丞を見あげた。

「わたくし阿市と申します、ふつつか者でございます」

「すると……」半之丞は書状を巻きながら、「あなたが牡丹の飼い役というわけですね」

「さようでございます」

「そうする必要があるのですか」

「わたくし自分で手がけまして、あの馬の性質も寝起きの癖もよく存じております、このたび伏見のお催しは大切なものと伺いました、もしその日までに調子の狂うようなことがございましては、せっかく選んで頂いた甲斐《かい》がございません、それで是非わたくしに世話をさせて頂きたいのでございます」

はっきりと理のとおった言葉だった。半之丞はあっさり頷いた。

「しかしごらんのとおりの狭い家で、あなたにいて頂く場所もありませんが」

「あちらのお長屋を拝借いたします」阿市はうち返すように云った、「そのつもりで手まわりの物も持ってまいりました、わたくしと下女二人、お長屋さえ拝借ねがえましたらほかに御迷惑はおかけ致しませぬ、どうぞよろしくおたのみ申します」

いかにも大身《たいしん》の育ちらしく、はきはきときめどころをきめてゆく態度は気持のいいほど爽快《そうかい》だった、半之丞はしばらく感嘆するように娘の顔を見ていたが、やがて「では支度《したく》をさせましょう」と云って立ちあがった。

長屋には三人の家士と和助兄妹《きょうだい》が住んでいた。かれらはすぐに半之丞の住居のほうへ移り、そのあとへ阿市と二人の下女がはいった。手まわりの物というのが馬に三駄《だ》もあり、下女たちの持物さえ二駄あった。侍長屋とはまるでそぐわない大仰な荷おろしのありさまを見ていた家士のひとりが、「まるでお輿入《こしい》れのようだな」と呟《つぶや》いた。するともうひとりが、「本当にそうなるかも知れぬぞ」と笑いながら云った。

「なにしろ当時うちのご主人は娘をもった親たちの覘《ねら》いの的だからな」「ではあの牡丹は婿《むこ》ひきでか」そんなことを囁《ささや》きあい、三人ともわが事のように昂奮《こうふん》した眼を輝かしていた。

少しはなれて見ていたお梶は、家士たちの話を耳にするとさっと顔色を変えた、そして逃げるように厨口《くりやぐち》のほうへと去っていった。

五

深谷家の日常はがらりと変った。あるじの半之丞が無口なので、それまでは実にひっそりとした慎ましやかな明け昏《く》れだったのが、阿市と下女たちが来てからにわかに活《い》き活きとした空気が漲《みなぎ》りだした。

毎朝はやく、殆んどまだ暗いうちに阿市が厩へあらわれる。あの朝のように、布子と男袴を着けた質素な身なりで牡丹を曳きだし、美しい手を惜しげもなく馬盥《ばだらい》の水へ浸してすそを洗う。寝藁《ねわら》を干すのも、厩の中を掃除するのも決してひと手は借りなかった、飼葉を与え口を嗽《すす》ぐまで、なにもかも独《ひと》りでやる、「さあ廻《まわ》って」「お足を挙げて」「ちょっと前へ」愛情のこもった、はきはきとした声で呼びかけながら、いかにも馴《な》れた手つきで淀《よど》みなく始末してゆく、見ているだけでも気持のよい挙措《きょそ》だった。

半之丞が朝食まえにいちど午後にいちど、牡丹をせめに出て戻ると、すぐにまた阿市が受取って揉《も》み藁で汗を拭《ふ》きすそを洗う、そして夜になり、厩に入れて寝せるまで、まったく影のかたちに添うような世話ぶりだった。

半之丞はかくべつなにも云わなかったが、家士たちも和助も、お梶さえもそれには感嘆の眼を瞠《みは》った。

「とても大身のご息女とはみえぬ」「生えぬきの博労《ばくろう》でもあれほどはできまい」

そう云いあいながら、しぜんとこの家の席を譲るかたちで、いつか深谷家の生活は阿市主従と牡丹を中心に動くようになっていった。馬の世話をするときのほかは、美しく着替えた阿市の姿が庭を往来した。娘らしい華やかな声で、なにか命じたり笑ったりするのが終日たえない、どこともなしに香料の匂いが漂い、月の澄んだ宵《よい》などには琴の音が聞えたりする。三人の家士たちもなんとはなく気に張りがでたようすで、起《た》ち居《い》が眼だってきた。

こうした変化のなかで和助兄妹だけが、とり残されたかたちだった。病馬を裏の厩へ移してから、お梶は一日じゅうそちらで暮した。前庭のほうで賑《にぎ》やかに話したり笑ったりするのが聞えると、かの女は耳を掩《おお》いたいという風に眉をひそめ、唇《くちびる》を噛みながら独りひっそりと病馬の背を撫でている、そしていつかしら口の重い、笑うことの少ない娘になっていった。

徳川家の祝儀《しゆうぎ》というのが公表されたのはその年三月上旬のことだった。予期したとおり、家康が隠居して秀忠が世を継《つ》ぐのである、そして将軍宣下《せんげ》が秀忠にくだったのは四月十七日のことだった。徳川譜代の人々のよろこびは云うまでもない、恩顧外様《とざま》の諸侯も京の二条城と伏見の城へ、ひきもきらず祝賀のために詰めかけた。正式の祝賀は五月一日からはじまることにきまっていた、一日に諸侯諸士の登城。二日に猿《さる》楽《がく》、饗宴《きようえん》。三日に勅使奉迎《ちよくしほうげい》。四日に再び猿楽と饗宴、そして馬競べの催しは五日ということだった。

その知らせが桑名へ来たのは四月はじめのことである。改めてまた深谷半之丞と牡丹とが家中の関心を集めだした。

「おい深谷、きっと勝てよ」

「牡丹の調子はどうだ」

そんなことを云ってようすを見に来る者が多くなったが、こちらは例のとおり漠然たる態度で、うんともおうとも云わなかった。

或る朝のこと、牡丹をせめに出た半之丞は、四日市までいった戻りに、薪《まき》を積んでゆく一頭の駄馬《だば》をみとめてふと馬を停《と》めた。

「これ暫《しばら》く待て」

なにを思ったか半之丞はその駄馬の口を取っている男に呼びかけた。

「そこに曳いているのはそのほうの馬か」

「はい、さようでござります」

農夫とみえる男はびっくりして頬冠《ほおかむ》りをとった、半之丞は牡丹からおりてその駄馬のそばへ歩み寄った。それはもうかなり老いているらしい、毛並の色も褪《あ》せ、四肢《しし》も骨だち、絶えず重い荷を負わされるためか、背筋脇腹などに擦《す》り剝《む》いた痕《あと》のある、なんともみじめな馬だった。半之丞は前後へまわって、ながいことしげしげと見やっていたが、やがて男のほうへふり返って、「この馬を譲って呉れぬか」と云いだした。

「金三枚まで遣わす、ぜひ譲って呉れ」

あまり思いがけなかったのだろう、「へえ」といったきり男は返辞に窮《きゅう》した。どんな愚か者でもこの馬と金三枚との比較はできる、おそらくからかわれるものと思ったに違いない、疑わしそうにこっちの顔を見まもるばかりだった。半之丞は面倒といいたげに、金嚢《かねぶくろ》から金一枚とりだして男に握らせた。

「桑名の深谷半之丞という者だ、馬を曳いてまいればあと二枚遣わす、なるべく早く、できるなら今日のうちにまいれ」そう云い残すと、返辞は聞くまでもないという風に、再び牡丹へ乗って駆け去った。

男がその駄馬を曳いて来たのは、もう日の昏《く》れかかる頃だった。まだ半分は疑わしげだったが、金二枚を受取るとはじめて「夢ではなかった」といいたそうな笑顔になり、自分のところ名前などを述べていそいそと帰っていった。

六

半之丞はその駄馬の口を取って、裏の厩へまわっていった。お梶はちょうど、もう恢復《かいふく》の望みの無くなった病馬の寝藁をとり替えてやっていたが、近寄って来た主人と、主人の曳いているみすぼらしい馬を見てけげんそうに眼をみはった。

「この馬を飼ってみて呉れ」

半之丞は持っている手綱をお梶に渡した。

「今はこんなになっているが、以前はこれでも乗馬だった、飼いようによってはまだ乗れると思うから……」

「はい」お梶はちょっと臆《おく》したようすで、「でも、わたくしに飼えますでしょうか」と眩《まぶ》しげに主人を見あげた。

「おれも面倒をみるよ」そう云って半之丞は踵《きびす》を返した。

お梶はそのうしろ姿を見送りながら、ぱっと花でも咲いたように顔を輝かした。もう忘れられてしまったと考えていた主人が、この駄馬を乗馬に飼いたてるという、むずかしい仕事を自分に選んで呉れた。

「ご主人はお梶を忘れてはいらっしゃらなかったのだ」

そう思うと今日までの悲しい辛《つら》いおもいが一遍に消え去って、生甲斐のあるよろこびがはげしく胸へ溢《あふ》れてきた。日蔭《ひかげ》ばかりの裏庭さえ、急に明るく灯《ひ》が点《とも》ったように感じられた。

「おまえは仕合せ者ですよ」お梶は浮き浮きと駄馬に話しかけた。

「おりっぱなご主人に拾って頂いて、いまに御登城のお供もできるんですよ、でもそうなるにはおまえ自分でもしっかりしなくてはだめね、お百姓の家にいたときとは違うのだから、……でも大丈夫、きっとあたしが凛《りん》とさせてあげます、あの牡丹にも負けないようにね」

話しながら、お梶は寧《むし》ろ自分のほうがよろこびに酔っているようであった。

けんめいなお梶の努力がはじまった。半之丞も絶えず見に来て、飼葉の選み方や量の案配をしたり、排泄物の具合をしらべたりした。馬は半之丞を見るとよく嬉《うれ》しげに嘶《いなな》いた、そばへ寄るとなにか訴えでもするように首をすりつけたり、やさしく手を噛んだりする、自分には示さない馬のそういう愛情の表現をみると、お梶はつい嫉《ねた》ましい気持を唆《そそ》られた。そうされる主人への嫉みか、そんなに甘えられる馬への嫉みか、どちらともなくついかっと胸が熱くなるのだった。

「拾って頂いたのが嬉しいのでございましょうか、まるで十年も飼われたような懐《なつ》き方でございますね」

お梶がそう云うと、半之丞はふとふり返ってなにか云おうとした、しかしすぐ思いかえしたようすで、うんと頷いたきりしずかに馬の平首を撫でていた。

半月ほど経《た》つと牡丹をせめる合間合間に、半之丞はその駄馬を曳きだしてまず庭内から乗りはじめた。みんなびっくりした。牡丹を見馴れている眼にはあんまり違いすぎるので、なんのために半之丞がそんな馬を飼いたてようとするのか見当がつかなかった。阿市もあっけにとられたように眼を瞠ったし、二人の下女はくすくす笑いながら、「あれは百姓馬ですよ」とか「あれでも馬かしら」などと耳こすりをした。そんなありさまを見たり聞いたりするたびに、お梶は自分が嗤《わら》われているような屈辱を感じて身が顫《ふる》えた、しかし半之丞はまるでどこを風が吹くかという態度で、少し経つと屋敷の外までその駄馬をせめに出るようになった。

その月の末に半之丞は桑名を立った。しゅくん本多忠勝はもう四月はじめに伏見へのぼっていたのである。かれは家士二名と和助をつれてでかけた、自分は例の駄馬に乗り、牡丹は和助に曳かせて、……門まで送って出た阿市はあでやかに着飾り、濃い化粧をした耀《かがや》くばかりの美貌にいっぱいの微笑を湛《たた》えていた。

「どうぞお勝ちあそばしますように、めでたい知らせをお待ち申しております」

美しく澄んだ声でそう挨拶《あいさつ》をする阿市のうしろから、お梶は身を隠すようにしてじっと主人の姿を見まもっていた。半之丞はなにも云わないで、黙々と駄馬を駆って立っていった。

伏見へ着いたのは五月二日だった。本多家の屋敷へはいると、先着して待ちかねていた家中の人々が早速かれをとり巻いた。

「牡丹の調子はどうだ」「榊原《さかきばら》では日根野《ひねの》が出るぞ」「外様諸侯にも評判の催しだ、きっと勝てよ」「桑名一藩の面目《めんぼく》がかかっているぞ」そんなことを口々に云いたてた。

半之丞はいつものとおり石のように黙って、漠然《ばくぜん》とあらぬ方《かた》を眺めているだけだった。

競べ馬に出るのは、酒井、榊原、井伊、本多の四家をはじめ、水野《みずの》、大久保《おおくぼ》、鳥居《とりい》、戸田《とだ》、牧野《まきの》、板倉《いたくら》、小笠原《おがさわら》など合わせて十一家で、乗り手も「ああ、あれか」と世に名の知れた者が揃っていた。

祝賀の催しとはいうものの、まことは外様諸侯や、大坂方に対する示威の意味が主だった。したがってその方法も疾駆しながら槍をつかい、銃射、弓射をし、水を渉《わた》り、壕《ほり》を跳ぶなど、実戦に則したものだったのである。

「負けたら詰め腹だぞ」当日になるとみんなはげしい言葉で激励した。

「関ケ原の腕まえをもういちど見せて呉れ、たのむぞ深谷」

けれどやっぱり、かれは黙々と口を緘《かん》していた。

七

大馬場には桟敷《さじき》が幾段にも設《もう》けられ、譜代、外様の諸大名や、その家臣たちが、幕張りの外まで溢れるように居並んでいた。本多忠勝は正面桟敷で、家康、秀忠に陪侍《ばいじ》して競技を見た。

だが定めの時刻になり、鳴りわたる太鼓の音につれて、十一人の騎者が馬場へ出て来るのをみるとまずおどろかされた、深谷半之丞の乗っているのは牡丹ではないのだ。牡丹でないばかりか、毛並の色も褪せた四尺そこその、いやに四肢の骨ばった、なんともみすぼらしい老馬である、しかもほかの十騎が逸物ぞろいなので、そのみじめさは滑稽感《こっけいかん》をさえ唆《そそ》った。

「なんだ、妙なものを乗りだしたぞ」

そういう囁きがおこり、桟敷のそこ此処に笑いごえがひろがった。

「どこの家中だ」

「本多どのだそうだ」

「どういうつもりだろう」

そんな声も耳についた。しかし忠勝ははじめのおどろきが去ると、こんどはなにか急に興味をおぼえだしたようすで、まわりの嘲笑《ちょうしょう》などは耳にもかけず、じっと半之丞の動作を見まもっていた。十一騎は位置についた、騎者はおのおの背に銃を負い、大身《おおみ》の槍をかい込んでいる、やがて合図の太鼓が鳴り響くと、さっと馬場に土煙りが巻きあがった。

井伊家の馬が先を切った、板倉がそれにつぎ、さらに榊原の日根野外記《げき》が続いた。半之丞は……かれはしんがりについていた。馬も乗り手も悠々《ゆうゆう》たるもので、いちばんあとからとことこと駆ってゆく、それはまさにとことこという感じだった、疾駆し去る十騎の後塵《こうじん》を浴びながら。

桟敷から幕張りの向うまでどっと哄笑《こうしょう》がわきあがった。二代将軍秀忠の顔にも苦笑がうかぶのを忠勝は見た。出発点から三段ばかりのところに、具足を着せた藁人形が騎者の数だけ立っている。乗り手はその藁人形に槍をつける、次ぎに幅二十尺深さ三尺の水場があり、それを渉ると、一丈ばかりの急勾配《こうばい》の丘を越したところで弓と矢をわたされ、五十歩の距離にある懸け垜《あずち》の的を射る、そこから二段ほどさきで幅六尺ばかりの壕を跳び、いちばんさいごが銃射だった、これは二十間ほど離れた鉄板張りの盾を射《う》つのである。

先を切っていた井伊家の騎者は、藁人形へ槍をつけたとき乗り損じて落ちた。

「ああ、先頭が落馬した」という叫びごえと共に、人々の眼はようやく先頭のはげしい競《せ》りあいに集まった。水場では二番と四番の馬が転倒し、騎者は二人とも水浸しになった。丘を越して弓射のときには榊原家の日根野外記《げき》が先頭だった。ついで壕を跳ぶところでは又しても二騎が乗り損じ、一騎は壕へ墜《お》ちた。

かくて銃射をして無事に出発点まで戻ったのは五騎だけであった、……一番は酒井家の馬、日根野外記は二番、そして三番は、……とことこと半之丞の馬が三番めにはいって来た。

「おお見ろ、本多どのの馬が三番をとった」

「あの老馬が三着についたぞ」

駆けだしたときとおなじ調子で、とことことはいって来た半之丞の馬を見ると、桟敷いっぱいにどよめきの声が揺れわたった。

「……乗るものだな」

そういう言葉が聞えたので、忠勝がそっとふり返ってみると、家康が頷き頷き笑っていた。やがて技の書上げが披露《ひろう》された、具足を着けた藁人形では半之丞ひとりがまさしく急所を突止めた、弓射では日根野外記が正中、銃射はこれまた半之丞だけが鉄張りの盾《たて》を射抜いていた。つまり技では深谷半之丞が筆頭だったのである。

湧《わ》きあがる喝采《かっさい》をあびながら五人の騎者は正面桟敷へ召され、将軍秀忠からひきでものを賜《たま》わった。それが済んだあとで、家康が半之丞をそば近く呼び寄せた。

「そのほうだいぶ老耄《ろうもう》の馬に乗ったようだが、本多家にはあのような馬しか飼っておらぬのか」

「恐れながら御側《おそば》まで申上げます」

「ゆるす、即答でよいぞ」

「本多家には名馬逸物の数が少なくございません、あのような老馬を持っておるのはわたくし一人でございます」

「それでは今日の催しになぜ逸物に乗らなかった」

柔和な眼がそのとき鋭く半之丞の面《おもて》をみつめた。

「このような場合には、その家ずい一の馬を出すのが普通ではないか、ことさら老耄の馬を選んだには仔細があろう、申せ」

半之丞は平伏したまま黙っていた。忠勝はかれの無口を知っている。ここで日頃の癖を出されてはならぬと思ったので「半之丞、お答え申上げぬか」と促した。それでようやく半之丞は面をあげた。

「恐れながら御側までお伺い仕《つかまつ》ります、今日のお催しは馬の良《よ》し悪《あ》しを較《くら》べるのでござりましょうか、乗りこなす技くらべでござりましょうか」

「…………」

家康の眉がきゅっと歪《ゆが》んだ。

八

「本多家の家風といたしまして」と半之丞はしずかに続けた、「名馬逸物を飼うは申すまでもございません、しかし第一には、馬術の鍛錬《たんれん》が大切と戒《いまし》められております、いかなる名馬駿足も、戦場に臨んでは敵の箭弾丸《やだま》にうち斃《たお》される場合がございます、さようなときには有り合う放れ馬の良し悪しにかかわらず取って乗る、たとえ小荷駄《こにだ》の馬なりとも乗りこなしてお役にたつ、これが本多家の馬術の風でございます、今日のお催しが名馬較べでありましたならわたくしの誤り、もし馭法《ぎょほう》くらべでございますなら、馬についての御不審は……」

「わかった、もうそれでよい」家康は頷きながら微笑を含んだ眼で忠勝をかえりみた。

「忠勝どのお羨《うらや》ましいご家風《かふう》じゃな」

「若輩者の過言でございます、お聞き捨てのほどを」

「いやいや忠勝どのらしいお心掛け、珍重でござる、まことに、今日の催しは名馬較べではおざらなんだ、馬咎《とが》めは筋が違いましたぞ」

家康はそう云ってくくと喉《のど》で笑った。人も嗤《わら》うような駄馬に乗って、到着こそ三番ながら技では筆頭を占めた、しかもその功を本多家の家風だと申したて、おのれの腕を誇るようすは些《いささ》かもなかった、それが家康のこころにかなったのだろう、明くる日かれは改めて衣服ひとかさねを賜わった。

深谷半之丞は伏見に数日滞在した。そのあいだに松下河内が牡丹をひき取った、家中の評判は褒貶《ほうへん》あいなかばしていた、褒《ほ》める者は「本多家の名をあげた」と云い、謗《そし》る者は「腕に慢じて異を好む仕方だ」と云った。当の半之丞はどんな評判にも知らぬ顔で、ゆるしが出るとすぐ例の老馬に乗って桑名へ帰った。

留守宅へ着くと、残っていた家士とお梶とが出迎えた、阿市や下女たちはもうみえなかった。

「松下どののご息女は一昨日おたちのきあそばしました」と家士が告げた。

「お帰りまでお待ちなさるよう申上げたのですが、なにかたいそうご立腹のようすでございまして」

わかっているというように半之丞は手を振った、そしてお梶に馬の手綱をわたして、「すそをかってやって呉れ」と云った。

お梶は老馬を裏へ曳いていって揖斐川《いびがわ》の流れへいれた。云いようのないよろこびで胸がいっぱいだった、伏見の競べ馬の始末は、一昨日ここへも伝わっていた、半之丞が駄馬に乗って三着になり、技では一番をとったという、その知らせを聞いたときからお梶は浮きたつようなよろこびに包まれた。

牡丹ほどの名馬を措《お》いてあの馬に乗って下すった、たとえひと月足らずでもお梶の飼った馬に。それはなにかしらん自分に対する主人の心をつきとめたような感じだった。

「そんなことを思ってはいけない、そんなばかなことがある筈《はず》はない」

自分でそう叱るあとから、抑えようのない幸福感がつきあげてくるのだった。

「おまえ天下第一の仕合せ者ですよ」流れのなかですそを洗ってやりながら、お梶は浮き浮きとその馬に話しかけた。

「おまえのような者が御二代さまの御前へ出られるなんて、夢にも考えたことはないでしょう、牡丹をごらん、……あんなりっぱな馬でも乗っては頂けなかったのに、うちのご主人だからこそおまえを選んで下すったんですよ、おまえ嬉しくはないの、……牡丹のお飼い主はたいへん怒っておいででしたよ」

「そんなに怒っていたか」

とつぜんうしろでそう云う声がした。お梶はあっといいながらふり返った、半之丞がそこへ来て立っていた、お梶は耳の根まで赤くしながら、「はい」と眼を伏せた。

「阿市どのはそんなに怒っていたか」

「はい、わたくし……よくは存じあげませんのですけれど……」

「怒るだろう」半之丞は頷いて云った、「怒るのがあたりまえだ、おれが悪かったのだから」

「まあ、旦那《だんな》さま……」

「おれは」と云いさして、半之丞はつと馬の鬣《たてがみ》へ手を伸ばした、馬は甘えるような声をだして首をすりつけた。

「おれはこの馬へ乗ってやりたかった」としばらくしてかれは呟くように続けた。

「毛並の色も褪せ、重荷の稼ぎに傷つき痩せた、みじめなこれの姿をみたとき、おれは一生の晴れに御前の馬場が踏ませてやりたかった、勝敗はどうでもよい、一代誉《ほま》れの競べ馬に花を咲かせてやりたかったのだ」

心にしみいるような調子だったので、お梶は思わず半之丞をふり仰いだ、かれは眼に泪《なみだ》を湛《たた》えながら云った。

「これは紅梅月毛なんだ」とかれは云った、「関ケ原の戦にそれたまま、行方の知れなかったあの馬だ、こんなみじめな姿にはなったがおれにはひと眼でわかった、これは幾戦場おれを乗せて戦ったあの紅梅月毛なんだ」

お梶は大きく瞠った眼で半之丞を見あげた。

今にして思い当る、はじめて伴《つ》れて来られたとき、この馬は半之丞を見ると訴えるように嘶《いなな》いたり、さも懐《なつ》かしそうに首をすりつけたりした、お梶はただ嫉ましいと思って見ていたけれど、あれは五年ぶりで会うことのできた主人への愛情の訴えだった、言葉をもたぬ馬の精いっぱいの愛情の表現だったのだ。

大きく瞠ったお梶の眼からはらはらと泪が溢《あふ》れ落ちた、川波は音もなく老馬の脚を洗っていた。

付記

慶長十年五月、伏見城でおこなわれた秀忠への将軍宣下の祝宴に就《つ》いては、内藤《ないとう》耻叟《ちそう》氏編次「徳川十五代史」に、……五月朔日《ついたち》、諸大名諸士登城して将軍宣下を賀す、二日猿楽あり、諸大名に饗宴を賜う、三日、勅使二卿《きょう》を伏見城に饗し、各黄金五十枚、時服三十領を贈る、四日猿楽あり、諸大名饗応。云々《うんぬん》とその盛んなありさまを記しているが、これはそのこと自体よりも、かかる祝宴が伏見城において催されたこと、ならびに天下の諸侯がきそって祝賀に集まったことのほうに深い意味がある。

すなわち当時の記事の一に、

「……秀忠公拝賀の時、家康公みやこにありしかば、豊臣《とよとみ》家に御対面のため、上洛《じょうらく》のこと催させ給《たま》ひしに、淀殿《よどどの》おん憤《いきどお》り深くして、豊臣家におん腹めさせ、おん身もうせ給ふべきやなど聞えて、京、大坂の間もつての外に物騒しくなる、これも上《かみ》方《がた》の大名の中に内々申しすすむる人ありと聞えし。此程《このほど》より西海、南海、山陰、山陽の大名ども、城を高ふし池を深くして、戦艦おびただしく作り出す、なんとなく騒がしくなりゆきぬ」としるしてある。淀君の忿懣《ふんまん》はいかにもよく衰運に向いつつある豊臣家の状態をあらわしていて興が深い、その意味において伏見の祝宴は注目すべきものであろう。

土佐の国柱

一

「高閑《こうが》さま、召されます」

「……………」

「高閑さま、高閑さま」

連日のお伽《とぎ》の疲れで、坐ったまま仮睡《うたたね》をしていた高閑斧兵衛《おのべえ》は、二度めの呼声ではっと眼をさました。……近習番岡田伊七郎《おかだいひちろう》の蒼白《あおじろ》い顔が、燭台《しよくだい》の火影《ほかげ》に揺れて幽鬼のように見えた。斧兵衛は慄然《りつぜん》として思わず、

「どうあそばした、御急変か」

と息を詰めながら訊《き》いた。

「いえ、お上《かみ》がお召しなされます」

「お召し、ああそうか」

ほっと溜息《ためいき》をついて、斧兵衛は何度も頷《うなず》いた。

土佐守《とさのかみ》山内一豊《やまのうちかずとよ》は、春からの微恙《びよう》が次第に重《おも》って、初秋と共に愈《いよいよ》重態となり、殊《こと》にこの四五日はずっと危篤《きとく》の状態を続けていたので、重臣たちは殆《ほと》んど城中に詰めきりであった。……中にも高閑斧兵衛は、身分こそ千二百石の侍大将に過ぎなかったが、一豊がまだ猪右衛門《いえもん》といった時代からの随身だし、寵愛《ちょうあい》殊に篤《あつ》かったので、傷心のさまは傍《はた》の見る眼も痛ましく、もう二十余日というもの、一度も下城せず、寝食を忘れて、万一の恢復《かいふく》を祈っているのであった。

病間はがらんとしていた。お伽衆も居ず、侍医も女房たちも見えなかった。

「近う、ずっと近う」

「……御免」

「遠慮は無用だ、ずっと近う寄れ」

一豊は、痩《や》せた手をあげてさし招いた。そして、斧兵衛が云われるままに上段間際《まぎわ》まで膝行《しっこう》すると……おち窪《くぼ》んだ眼を静かに向けて、

「今宵《こよい》は、……其方《そち》と悠《ゆっ》くり話そうと思ったので、態《わざ》と一同に遠慮をさせたのだ。其方と差向きで話の出来るのも、恐らくこれがしまいであろう。……顔を見せい」

斧兵衛はすばやく泪《なみだ》を押拭《おしぬぐ》ってから、平伏していた顔をあげた。一豊は暫《しばら》くのあい

だ、昵《じっ》とそれを見戍《みまも》っていたが、

「其方もじいいになったな」

としみ入るような声で云った。

「思えば其方とは長い宿縁であった。主従そろって芋粥《いもがゆ》を啜《すす》った尾張《おわり》時代から、生き残っているのは其方一人だ。……覚えておるか、安土《あづち》の馬寄せの日のことを」

「まことに、昨日の如《ごと》く覚えまする」

一豊がまだ木下秀吉《きのしたひでよし》の配下であった頃、その妻が鏡筥《かがみばこ》の中から金拾両《きんじゆうりよう》を出して、良人《おっと》に名馬を買わしめた、安土城馬寄せが行われたとき、これが信長《のぶなが》の眼に留って、一豊出世の端緒《たんしよ》を成した話は有名である。

「あの時分は苦しかったな。……越前《えちぜん》攻めの折などは、武具が足りなくて、其方などは竹槍《たけやり》へ渋を塗って持ちおったぞ。……それが、今ではこうして従四位下《じゆしいげ》の土佐守、二十四万石《ごく》あまりの主となり、芋粥を啜らせた其方にも、どうやら人並のことがしてやれるようになった。一豊は……果報めでたき生れつきだと思う」

斧兵衛は声をのんで平伏した。一豊は暫く息をついていたが、

「わしはするだけの事をした」

と静かに続ける。「もういつ死んでも惜しくはない。唯《ただ》ひとつ……心残りなのは、

わしが不徳であったばかりに、生前、この国の民心を統一することが出来なかったことだ」

「………」

「これだけが往生の障碍《しようげ》だぞ」

斧兵衛の肩の震えるのが見えた。

一豊が土佐に封ぜられたのは、慶長《けいちよう》五年（一六〇〇）であった。その以前は、長曾《ちようそ》我部《かべ》氏が領主で、元親《もとちか》、盛親《もりちか》と二代続いた名君であったから、領民たちは神の如く崇拝し、また慈父に対する如く馴《な》着いていた。……だから、一豊が入国しても、彼等は敢《あ》えて恭順を表さなかったばかりでなく、却《かえ》って反感をさえ懐《いだ》いた結果、或いは一豊の行列に向って罵《ば》口《り》言を飛ばし、石を投ずる者さえ出て来る有様であった。

しかし、一豊は忿激《ふんげき》する家臣を戒《いまし》めて、

「猥《みだ》りに罰してはならぬ。体を斬《き》ることは出来ても心中の逆意《ぎやくい》までは斬れない。我に向って石を投げるのは、前の領主を追慕する心からで、これを善導し撫育《ぶいく》すれば、やがては我のためにも、不惜身命《ふしやくしんみよう》の民となるであろう。……刑罰を厳にしただけでは、決して国は治まるものではないぞ」

そう云《い》って家臣の自重を命じた。

かくて五年、一豊は熱心に善政を布《し》き、諸民の安堵《あんど》を計《はか》って来たが、傲岸《ごうがん》不屈の土佐人《びと》はいっかな心解けず、領内を一歩奥へ入ると、諸所に土着の豪族がいて、昂然《こうぜん》と山内家に対抗の勢力を張っていた。

二

「……わしの申すことが分るか」

「……はあっ」

「土佐一国、山内家に帰服する日こそ、初めて一豊が成仏をする時だ、それまでは万巻の看経《かんきん》供養も無益だぞ」

そう云ってから、一豊はやや久しく気息を調《ととの》えていたが、やがて調子を改めて、

「斧兵衛、其方は儂《わし》にとって半身同様の者じゃ。……追腹《おいばら》は無義無道のものゆえ、家中には厳しく禁ずるが、其方だけは格別だ。……冥途《めいど》の供《とも》をしてくれ」

「お許し下さいまするか」

「許さぬと申しても、わしが死んで生残る其方ではあるまい。追腹許す。……なれど、直ぐにはならんぞ、三年待とう」

意外な言葉であった。

「三年とは、……如何《いか》なる御意《ぎょい》にて」

「土産《みやげ》を頼みたい」

「……………」

「三年のあいだに土産を作って参れ、それまでは冥途で待つ。一豊は成仏せずに、其方の追いつくのを待っておる。……分るか」

謎のように云う一豊の眼をひたと見上げた斧兵衛は、やがて、にっと微笑しながら、

「委細かしこまり奉《たてまつ》る」

と答えて平伏した。

四十余年、戦塵《せんじん》のあいだに生死を供にして来た主従が、果して何を約したのであろうか。……一豊はそれから数日の後、慶長十年九月二十日に死んだ。

其日《その》、一豊は死に臨んで世子の忠義《ただよし》（一豊に子が無かったので、弟修理亮康豊《しゅりのすけやすとよ》の子を養嗣子《ようしし》とした）を呼び、列座の老臣に後事を託したのち、特に言葉を改めて、

「斧兵衛は我が家にとって、功労抜群の者である。老年であるから我儘《わがまま》の振舞いもあろうと思うが、なにごとも差許《さしゆる》してやるよう」

と遺言した。

一豊の遺骸《いがい》は、茶毘《だび》に附して日輪山《にちりんざん》に殯《ほうむ》り、大通院心峰伝大居士《だいつういんしんほうでんだいこじ》と諡号《しごう》した。……一家中の悲歎《ひたん》は云うまでもなく、大坂の豊《とよ》家や、遠く徳川《とくがわ》家からも弔問の使《つかい》が来たりして、七七忌までの法会は盛大を極めたものであった。

かくて百日忌の時である。

二代忠義が法会に参ずるため、行列を真如寺《しんにょじ》に向って進める途中、堵列《とれつ》していた士民たちの中から供先へ生魚を抛《ほう》った者があった。……仏事に生魚を抛《なげう》つ。それでなくとも日頃から忿懣《ふんまん》を抑え兼ねていた家臣たちは、この乱暴を見て嚇怒《かくど》し、

「狼藉者《ろうぜきもの》を逃がすな」

「邪魔する者は斬ってしまえ」

と勢《きお》い立ち、すぐに乱暴者をひっ捕えた。……気早の者は刀を抜いて即座にも斬ろうとする。そこへ、騒ぎを知って高閑斧兵衛が走《は》せつけて来た。

「鎮《しず》まれ鎮まれ。なにを騒ぐ」

「狼藉者です」

先供《さきども》のなかから、堂上喜兵衛《どうがみきへえ》という一徹者が進み出《い》でて答えた。

「お供先へ生魚を抛りおったのです。御仏事と知って此奴《こやつ》、お行列を汚しおったので

す」

「嘘だ。投げたのではない」

捕えられた若者は傲然と叫んだ。「魚にはぬめりというものがある。洗っていたら手を滑って飛んだのだ。人間には過《あやま》ちということがある。過ちで飛んだのだ」

「此奴、ぬけぬけと申す」

「問答に及ばぬ、斬ってしまえ」

「待て、待てと申すに」

騒然となる家臣たちを、斧兵衛は大音《だいおん》に押えながら云った。

「過ちであるか、態《わざ》と致したか、孰《いず》れにしても取糺《とりただ》してからのことだ。このまま奉行所まで曳《ひ》いて参れ、手荒なことをすると許さんぞ」

「仰《おお》せではござるが、土民へのみせしめとして此奴は此処《ここ》で斬るべきだと存じます」

喜兵衛が、我慢ならぬという調子で云った。しかし、斧兵衛は固く頭《かしら》を振り、

「ならぬ、奉行所へ曳け、申付けたぞ」

そう命じて立去った。

法会が済んだ後。……この若者の処置に就《つ》いて、老臣たちが評議を開いた。田中孫《たなかまご》作《さく》、西崎玄蕃《にしざきげんば》、五藤靫負《ごとうゆきえ》などの人たちは最も硬論で、

「刑罰を明らかにするいい機会だ。お代替りを幸い律を改め、威を厳にして領民の心を帰服させせなければならぬ。このためには斬罪《ざんざい》にして諸民へのみせしめとするが宜《よ》い」

というこことを主張した。

議論は殆《ほと》んど列座一致するところであったが、そのなかで独《ひと》り頑《がん》として承知しない者があった。高閑斧兵衛である。

「拙者《せっしゃ》の意見は違います」

と彼は座の真中へ進んで云った。

「大通院さまは御生前、刑罰は重からざれと、熟《よ》く熟く仰せられてござる。第一に……領民の心服せざる理由は、長曾我部氏の遺徳を慕うあまりのことであって、申してみれば我等に長曾我部ほどの徳がないとも云える」

「聞き捨てのならぬ言《こと》を云う。貴公はお家の禄《ろく》を食《は》みながら、土民に加担して御政治向きを誹謗《ひぼう》される気か」

「言葉咎《とが》めは措《お》かれい。拙者は老年の我儘者《わがままもの》でござる。大通院さまより、斧兵衛には我儘勝手たれと御遺言のお許しがござる」

「貴公は御遺言を盾にとって、横車を押すか」

田中孫作は怒気を発して、「さらば孫作など、なにを申上げるにも及ぶまい。退座しょう」

そう云って、席を蹴って去った。

五藤靭負も、西崎玄蕃もそれに続いた。……そして斧兵衛の主張がうやむやの内に通ってしまい、かの若者は間もなく無事に解放された。

三

〽……殿のお馬は蘆毛《あしげ》にて、緋羅紗《ひらしゃ》の鞍《くら》おき

とりひろげ、鳥刺毛《とりさしげ》、御陣場とおく、見てあれば。

「やんや、やんや」

「うまいぞ小弥太《こやた》、起《た》って舞え」

「若衆ぶりを妓《おんな》どもに見せてやれ」

十四五人の若い武士たちが手を拍《う》って囃《はや》すのに応《こた》えて、池藤《いけふじ》小弥太がひょろひょろと立ちあがった。

「それでは舞うぞ」

「白い股《もも》見するなよ、妓どもが気を失うでな」

髭《ひげ》の貫島十郎左《ぬきじまじゅうろうざ》が、どら声をあげると、

「まあ、仰有《おつしや》ること」

「憎い髭十さま」

「性《しよう》をつけてやりましょう」

浦戸《うらど》から呼ばれて来た妓たちは、きゃらきゃらと嬌声《きようせい》をあげながら、十郎左を小突き廻《まわ》した……みんな酔っているし、城下を離れた気安さから、袴《はかま》を投げ、肌を脱ぎ、思うさま羽目を外していた。

小弥太はよろよろと立ちあがり、

「よいか、舞うぞ」

もういちど云って大剣を抜くと、よく澄んだ声で、平家を朗詠《ろうえい》しながら舞いはじめた。……忠度《ただのり》最期の条《くだり》である。

『忠度は西の手の大将にておわしけるが』より始まって、岡部《おかべ》の六弥太《ろくやた》と組討ちになる。

『……薩摩守《さつまのかみ》は、聞ゆる熊野《くまの》そだちの大力、屈竟《くつきよう》の早業にておわしければ、六弥太をつかみて、憎い奴が味方ぞと……』

絵のような舞振りだった。

池藤小弥太は、近習番《きんじゆばん》のなかでも評判の美男で、背丈は六尺に近く、白晳《はくせき》の顔に一文字の濃い眉《まゆ》と彫《ほり》の深い唇《くちびる》の線とが、ひどく印象的な感じを与えている。頭もいいが、腕も出来るし、そのうえ、誰からも愛される柔和な人柄を持っていた。

ここは高知《こうち》城下とは国分川《こくぶんがわ》を隔てた、五台山《ごたいさん》の中腹にある播磨《はりま》屋の別屋敷だった。

……播磨屋は長曾我部氏の時代から、土佐随一の海運業者で、山内氏の世になっても、御用商として重く用いられている関係から、随時その別屋敷を、家中の士に開放していたのである。今日は殊に若手の者ばかり二十余人、浦戸からあそび女《め》まで呼んで、無礼講《ぶれいこう》の騒ぎをやっているのだった。

しかし、ここでばか騒ぎをやっているのが全部ではない。この棟のうしろが丘になっている。その丘の松林のなかにもうさっきから六人の若侍たちが集まっていた。……堂上《どうがみ》喜兵衛、渡部《わたべ》勝之助《かつのすけ》、林《はやし》久馬《きゆうば》、林甚三郎《じんざぶろう》、庄野九郎兵衛《しようのくろべえ》、神谷伝之進《かみやでんのしん》。みんな先手《さきて》組でも選《え》り抜きの者たちで、堂上はいちばん年長でもあり、またその組頭でもあった。

「仕様がないな、いつまで待たせるんだ」

「忘れているんじゃないか」

「そう云えば、だいぶ酔っていたぞ」

「……呼びに行きましょうか」

いちばん年少の林久馬がそう云って立った。

「うん、そうして貰《もら》おう」

喜兵衛が頷いて云った。

久馬は直ぐに走って行った。……吸江《すいえ》の湾が殆《ほと》んど眼の下に見える。三月はじめの空は浅緑に晴れあがって、高く高く鳶《とび》の鳴く声が、睡気を誘うように聞えていた。

間もなく久馬が、小弥太の腕を肩にかけて、担《かつ》ぐようにしながら戻って来た。

「やあ、失礼、……まことに失礼」

小弥太はひどく酔っていた。

「すっかり酔ってしまって。……もう談合は済んでしまったのですか。いい気持に舞いはじめたものだから、つい」

「談合はこれからだ。まあ下にいないか」

喜兵衛が、ぶすっとした調子で云った。

小弥太が、萌《も》えはじめた若草の上へ、崩れるように坐ると、みんな喜兵衛の周りへ座を進めた。……久馬だけは、少し離れて見張りのために立っていた。

「今日集まって貰ったのは、高閑斧兵衛どのに就いて、最後の意見を纏《まと》めるためだ」

喜兵衛が静かに口を切った。

「大通院さまが御他界あそばされて二年、この秋には御三年忌が行わせられる。各々も知っている通り大通院さまには、御生前なによりも、土佐の民たちがお家に帰服していないことを御無念に思召《おぼしめ》されていた。民心が帰服して、山内家万代の日が来るまでは、成仏せぬとさえ仰せられてある。……それなのに、事実はどうか」

四

「土民たちは依然として反抗の意《こころ》を懐《いだ》いている。寧《むし》ろ御威光を軽んじ貶《おとし》めているとも云えるだろう。こんな状態では、御三年忌の御霊前に見《まみ》えることは出来ないぞ！」

喜兵衛は言葉を強調するために、暫く黙っていたのち再び続けた。

「こういう状態を来した直接の責任は、高閑斧兵衛どのにある。斧兵衛どのは『刑罰を厳にしただけでは民心は帰服せぬ』という仰せを穿《は》き違えて、ただ御寛大、御寛大の一点張りで来た。……百日忌の御法会に、お供先へ魚を抛った狼藉を、なんのお咎めもなしに解放したのは誰か。魚網運上の件に就いて、漁師どもが騒動を起こしたとき、運上取り止め、騒動に及んだ漁師どもに一人の咎めなしという裁きを押切ったのは誰か。……また去る秋、諸方の豪族、郷士どもに、年貢上納を申付ける議が出たとき、その時期に非ずと反対して、これを揉消したのは誰か。斧兵衛どのだ。みんな斧兵衛どのだ」

喜兵衛の言葉が静かであるだけ、その声音の底に脈搏っている忿怒が、若い者たちの胸にびしびしと感じられた。

「こんな事が度重っては、士民たちがお家の御威光を軽んじ奉るのも道理だ。……これ以上こんな事を繰り返していてどうするか」

「思切ってやるべき時だと思う！」

「そうだ、その時なんだ」

庄野九郎兵衛の突っ掛るような声に、喜兵衛は強く頷いて云った。

「大通院さまは御臨終に、斧兵衛は功労格別の者ゆえ、われ亡《な》き後も、我儘勝手を許すと仰せられたと承る。老職方がその御遺言に遠慮して、なにも出来ぬのなら、我々が代って、お家の禍根を断つべきだ」

「もうそれ以上、理非の糺明《きゆうめい》は要らぬでしょう」

「まあ待て、……」

渡部勝之助の急き込むのを抑《せ》えて、

「もう一つだけ云うことがある」

と喜兵衛は膝《ひざ》へ手を置いた。「……これは誰が云ったと名を指すことは出来ぬ。お側小姓《そばこしょう》の一人とだけ申すが、……大通院さまは御他界の数日前、夜半に斧兵衛どのを御前へ召され、其方には追腹を許す冥途の供せよ。……そう仰せられたとのことだ」

「斧兵衛に……追腹のお許し」

「殉死のお許しを！」

みんな水を浴びたように息をひいた。

「お人払いでお側には誰もいなかった。しかし小姓の一人がお襖際《ふすまぎわ》で、たしかに聴き取ったのだ。年少ではあり、余りに重大なことで、人にこうと話すことも出来なかったが……と、つい一昨日、元服の祝儀の席で拙者に告白したのだ」

「岡田伊七郎だな！」

林甚三郎が云うと、

「いや、誰であろうと構わぬ」

勝之助が拳《こぶし》を突出しながら、「……家中一統、追腹を厳重に禁じられた中に、斧兵衛一人はそれを許された、冥途の御供を許されたのが事実とすれば、斧兵衛は追腹をすべきだ」

「しかし生きている。斧兵衛は生きているぞ」

「もし自分で腹が切れぬというなら、我々が手を藉《か》そうではないか」

「それなんだ」

喜兵衛は頷いて云った。「……斧兵衛どののお命を貰うことは予《かね》て覚悟していたが、そのために一人でも二人でも犠牲を出すのが厭《いや》だった。万策無きときは仕方もないが、なるべくなら、誰にも傷をつけずに処置をしたいと思っていた。……しかしもういい。追腹のお許しが出ている以上、斧兵衛どのは自裁すべきだ。自裁しないなら我々が……」

云いかけて、喜兵衛は口を噤《つぐ》んだ。

池藤小弥太が立ちあがったのである。……今まで茫然《ぼうぜん》と眼前にある若草の芽を摘んでいた彼は、急にひょろひょろと立ちあがって、そのまま向うへ行こうとする。

「池藤、貴公どうするのだ」

喜兵衛が鋭く声をかけた。

「何処《どこ》へ行くのだ」

「……拙者は、いても仕様がないと思いまして」

「どういう意味で？」

「御一同の意見は伺いました」

小弥太は空の向うを見やりながら、

「それで失礼しようと思うのです。各々がお家のためを想《おも》って、高閑どのを除こうとなさる気持はよく分りますが、……拙者は同意できません」

「同意できない、……！」

「なぜだ」

勝之助が、ぎらりと眼を光らせた。

「なぜ同意ができない。その理由を聞こう」

「理由というほどのことはありません。……まあ強《し》いて申せば、拙者は近いうちに高閑どのの娘を妻に貰おうと思っているのです」

「なに、斧兵衛の娘を！」

「舅《しゅうと》になるべき人を斬る。……これは同意できないのが人情でしょう。では……失礼」

小弥太は、蹌踉《そうろう》と去って行った。

五

「池藤、あの噂《うわさ》は本当か」

「噂とは……」

「高閑の娘を娶《めと》るという話よ」

貫島十郎左はむずと坐りながら云った。

「なに、貰おうと思うと云ったまでだよ」

「なぜそんな馬鹿なことを。……貴公、高閑と一緒に斬られてしまうぞ」

「そんな事はないさ」

「無くはない、全体が貴公のこの頃は少し不審なことばかり多過ぎるぞ。まるで、人が違ったようではないか。……今まで親しく附合っていた我々とは疎遠《そえん》になるし、余り呑《の》まなかった酒を馬鹿に呑みはじめるし、先日みたいに、急に舞いだしたり、……尤《もっと》もあのときは己《おれ》が強いたかたちもあるが」

「人間はみんな、……いつか少しずつは変るものだよ」

「いったい貴公、高閑の娘を知っているのか」

「隣り同志ではないか」

小弥太はちらと、隣り屋敷の方へ眼をやった。……南国の春は早く過ぎる。低い生垣を境に隣っている高閑斧兵衛の屋敷は、家構えこそ松林に隠れて見えないが、相接している庭の隅に、もう散りはじめた桜がひともと、午《ひる》さがりの閑寂さを語るかに樹《た》っていた。

「隣り同志だからどうだというのだ、美人だと評判だけは聞いているが、まだ誰も近寄って顔を見た者はないぞ」

「馬鹿だな」

小弥太は苦笑しながら云った。

「嫁に貰おうと思うくらいで、相手の顔も知らぬ筈《はず》はないじゃないか。……断わって置くが、まだ話は決った訳じゃないからな。拙者が貰いたいと思っているだけのことだからな」

「詰らぬ。池藤小弥太ともある者が、なにも好んで斧兵衛づれの娘を貰わんでも……」

「なんとやらは、思案の他《ほか》と云うぞ」

「まるで分らん」

十郎左は髭をひねりあげて「貴公はすっかり変ってしまった。なんだかまるで謎みたいだぞ貴公は。……とにかく、堂上一統に気をつけるがいい、渡部勝之助などは、貴公を先《ま》ず血祭にあげると云ってるそうだから」

「それは怖いな。あいつは無鉄砲だからな」

「己は冗談を云いに来たんじゃないぞ」

十郎左は立ちあがって、

「もういちど云うが、高閑の娘を貰うことはよく考えた方がいい。己は貴公の親友を以《もっ》て任じているが、いざという場合には……遠慮はしないぞ」

「駄目だよ、……貴公には斬れぬ」

「斬れぬと？」

「貴公の太刀筋は悪くない」

小弥太は微笑しながら云った。

「悪くないどころか、恐らく家中で十郎左と三本に一本の勝負の出来る者は、渡部の勝之助くらいのものだろう。……けれど、小弥太を斬ることは出来ないさ」

「池藤、……貴公、己と立合う積りか」

「なるべくなら、そんなことになりたくないものだ」

十郎左は立ったまま、とび出しそうな眼で小弥太を睨《ね》めおろした。……そして、大きく首を捻《ひね》りながら、

「己にはもう、すっかり分らなくなった」

と投げるように云って立去った。

十郎左を玄関まで送って戻ると、庭から、そっと家来の岡倉金右衛門《おかくらきんえもん》があがって来た。……まだ、十九歳であるが、顔だちも心までも、老成した青年で、右足が少し躄《いざり》だった。

「貫島さまは、怒ってお帰りでございましたな」

「見ていたのか」

「直ぐにも抜くかと思いました。……貫島さまがあんなでは、他の方々はどれほどかと考えまして、些《いささ》か心懸りに存じられます」

「喜兵衛が探りに寄来《よこ》したのだ」

小弥太は坐って、

「……それが分っているから、態《わざ》と手厳しく云って置いたまでだが、喜兵衛には一筆書いてやらねばなるまい。それより調べの方はどうだ」

「矢張りおめがね通りでございました」

金右衛門は縁先に坐った。

「……正念寺《しようねんじ》に集まった者五人、分ったのはその内二人ですが、一人は朝倉《あさくら》の幸田久《こうだきゆう》左衛門《ざえもん》、一人は安芸《あき》の住江宮内《すみえくない》でございます」

「住江宮内、……それは大物だな」

「他の三人はどうしても分りませんでしたが、そのなかに槇島玄蕃頭《まきしまげんばのかみ》という名が見えました。これは関ケ原で治部《じぶ》どの（石田三成《いしだみつなり》）の旗下に働いた玄蕃頭ではないかと思われますが」

小弥太は黙って頷いたが、その眼は明らかに深い感動の色を表わしていた。

「……或《ある》いは、そうかも知れぬ」

「高閑さまの応待ぶりからみましても、私はそれに違いないと考えられました。――いったい、ああして諸方の豪族たちと密会して、高閑さまはなにをなさるお積りなのでございますか。土地の豪族ばかりでなく、関ケ原の残党まで加わっているというのは、全く……」

「それを訊いてはならぬと申付けてあるぞ」

「……はい、承《おとな》っております」

金右衛門は温和しく低頭はしたが、

「……承ってはおりますが、今日まで仰せのままに、私が調べましたところでは高閑さまの為《な》され方はまるで……」

「金右衛門、それ以上申してはならぬ」

小弥太が鋭く制止したときである。

「……ああ危ない！」

というけたたましい叫び声が聞えて来た。

六

声は隣り屋敷の庭である。

小弥太はまるで待受けていたもののように、即座に庭へとび下りて、境の生垣の際《きわ》へ走《は》せつけた。

松林の中で、きらりと白刃が光った。

高閑斧兵衛と、老家扶《ろうかふ》の茂右衛門《しげえもん》とが揉《も》み合っている側に、一人の少女《おとめ》が端然《たんぜん》と坐《すわ》っているのが見えた。

——小百合《さゆり》という、斧兵衛の一人娘である。

斧兵衛は娘を斬ろうとするらしい。

「放せ、茂右衛門、放さぬか！」

「お待ち下さい。……御短慮でございます。お嬢さま早く、逃げて……」

「おのれ、放せというに！」

大剣を持った手で、烈《はげ》しく茂右衛門を突き退《の》けたとき、……生垣を乗り越えて小弥太が大股《おおまた》に走せつけ、

「御老職、お鎮《しず》まり下さい」

と立ち塞《ふさ》がった。

「……池藤か」

「御折檻《せっかん》も程があります。先ずお待ち下さい」

「ならぬ。貴公の出るところではない」

「仔細は存じません。無断で生垣を越えたお詫《わ》びも申上げます。しかし、このうえ小百合どの御折檻は、拙者が不承知です」

「なに、其方が不承知だと？」

皺《しわ》をたたんだ斧兵衛の顔に、その双眼がきらりと鋭く光を放った。……小弥太はそ知らぬ顔で、有無をいわさず小百合を援《たす》け起こすと、

「御老職も噂くらいはお聴きでしょう」

「…………」

「拙者は予《かね》てから御息女を家の妻に申受けたいと存じていたのです。いや！　場所柄作法の論は無用です。妻に申受けたいという考えをお含み置き下さればそれで宜《よろ》しい。……小百合どの、さあ参りましょう」

「待て池藤、待て！」

斧兵衛は、怒声をあげた。

「それは斧兵衛の娘だぞ」

「年頃になれば嫁《か》して良人《おっと》に従うのが女子の道です。とにかくお怒りの鎮まるまで、お預かり致します。……小百合どの、さあ……」

「いいえ、お放し下さいまし」

小百合は、執られた手を放そうとしながら、

「わたくし、父の成敗を受けなければなりませぬ。どうぞこのままお捨て置き下さいまし」

「話はあと、話はあとです」

小弥太はびくともせず、

「茂右衛門どの、後は頼むぞ」

と云い捨てると、厭《いや》がる娘を強引に、まるで抱えるようにして伴《つ》れ去った。

遠くから姿こそ見たが、近寄って顔を合わせるのも初めてだし、むろん言葉を交わすのも初めてである。小弥太の思い切った態度に遭って、小百合は僅《わず》かに反抗しながらも、それ以上どうすることも出来ない圧迫を感じて、あとはただ噎《むせ》びあげるだけだった。

「もう大丈夫ですよ」

小弥太が家へ伴れ戻ると、……広縁に母親の亀女《かめじょ》が立っていた。

「どうしたのですか、小弥太」

「小百合どのが折檻されていたので、まあ預かって来たのです。……小百合どの、母です」

「御挨拶はあとにして」

と亀女は振返って、

「おかよ洗足《すすぎ》の水を取っておくれ。……あなた、どうぞ向うへお廻りなされませ。お父上には小弥太からお詫びをさせましょう。さあ、遠慮をなさらずにどうぞ」

「……お恥ずかしゅう存じます。お言葉に甘えまして、それでは……」

小百合はようやく泪《なみだ》を押えながら、洗足をとりに廻って行った。

「母上、眼を離さぬように願います」

小弥太は囁《ささや》くように云った。

「ひどく思い詰めている様子ですから」

「いったいどうしたという訳です。……親しくせぬ高閑さまへ、勝手に生垣を越えて行ったり、お嬢さまを無理にお伴れ申したり、……おまえの仕方は、不作法ですよ」

「訳があるんです。やがて仔細を申上げる時が参りますから、……どうか小百合どののことは母上にお願いします」

そう云って小弥太は、自分の居間の方へ立去った。

その夜のことであった。

小弥太が居間で、なにか細々《こまごま》と書いてある巻紙へ、朱筆で書き入れをしていると、……金右衛門が足早に入って来て、

「申上げます。……参った様子です」

と血の気をなくした顔で云った。……小弥太は筆を措いて、

「そうか、人数は」

と訊きながら立って、刀架《かたなかけ》から大剣を取った。

「三人と見ましたが」

「よし、出るなよ」

そう云ってくるりと裾《すそ》を端折《はしょ》った。

七

高閑斧兵衛の屋敷の西側は、矢竹蔵《やたけぐら》の土塀《どべい》と相対している。……その細い小路《こうじ》の暗がりへ四人の武士が入って来た。

渡部勝之助、林甚三郎、庄野九郎兵衛、それと殿《しんがり》に貫島十郎左がいた。みんな腹巻を着け、足拵《あしごしら》え充分に身仕度をしている。……しかし彼等が高閑邸の築地《ついじ》へ逼《せま》ろうとしたとき、向うから大股に小弥太が近寄って来て、

「お待ちなさい」

と声をかけた。

三人はぎょっとして振返ったが、先ず勝之助があっと云って刀の柄《つか》に手を掛けた。

「……池藤だ！」

「小弥太！」

四人とも咄嗟《とっさ》に左右へひらく。小弥太は無雑作につかつかと進んで、

「堂上、……喜兵衛はいないか」

と低く叫んだ。

「……みんな待て、お家のために高閑どのを除くならその時期を選ばなくてはならん。ここはまず引き揚げてくれ」

「貴公の指図は受けぬ、退《の》け！」

勝之助が叫んだ。

「問答無用だ」

「退かぬと斬って通るぞ」

十郎左がぐいと出て云った。

「小弥太、昼間そう云ったことを忘れるな。我々はお家の奸《かん》を除くために、決死の覚悟で来ているんだ。黙って手を退《ひ》け！」

「無駄だ。――十郎左」

小弥太は手を挙げながら、

「……屋敷の中には家来が三十余人いる、不意の手当ても出来ている。こんな僅かな人数で討てるものではない。拙者から喜兵衛に話もある。待ってくれ」

「構わぬ、斬れ」

十郎左の声と同時に、渡部勝之助が抜き討ちをかけた。

十三日の月が、矢竹蔵の屋根の上にあった。土塀と築地に挟まれた狭い小路の、半分ほどがくっきりと白く月光に輝いている。……抜き討ちを仕掛けた勝之助の剣が月光を截《き》って閃《ひらめ》いたとみると、小弥太の体は土塀の蔭《かげ》へ吸われるように隠れ、抜きつれた四本の白刃が、闇《やみ》の一点を中心に犇《ひし》と取り詰めた。

小弥太も抜いていた。

彼は正面に十郎左を迎えて、背を土塀につけながら呼吸を計っていたが、不意にその上体をぐらっと左へ動かした。……支柱《ささえ》を外されたように、林甚三郎が突込み、庄野九郎兵衛が絶叫と共に斬りおろした。

小弥太の体はその二つの動作を割るように、さっと月光のなかへ躍り出す、戞《かつ》！という烈しい音と、千切れたような悲鳴が同時に起こって、甚三郎は土塀の根に顚倒《てんとう》し、刀を打落された九郎兵衛は四五間あまり跳び退いていた。

「十郎左、……引き揚げろ」

小弥太が低く叫んだ。

「貴公らが乗込もうとするのと同様、拙者が阻止するのもお家のためだ。一人二人を斬ることを焦ってはならぬ。まだ時期ではないのだ。引け、喜兵衛には拙者から話す」

「云うな」

勝之助が、強く頭を振って叫んだ。

「斧兵衛の娘を娶ろうとする奴、貴様も奸物の片割れだ。腕では劣るかも知れぬが……生かして置かぬぞ！」

「拙者の申すことを聞け！　まだ……」

云わせも果てず、勝之助が踏み出した。白刃が光の条《しま》を描くとみる間に、勝之助はだっ
絶叫と共に、二つの体が躍動した。

とよろめき、大剣を取落しながら横ざまに倒れた。

残るは十郎左ひとりである。

小弥太の凄《すさ》まじい手並に圧倒されて、じっと呼吸を計っていた十郎左が、ようやく殺気の盛上って来た様子で、大きく一歩進み出る。……そのとき、表の方から走せつけて来る者があった。

「待て、十郎左、勝之助待て！」

呼びかけながら近寄ったのは堂上喜兵衛であった。……息をはずませながら近寄っ

た彼は、茫然と立っている九郎兵衛と、月光の路上に倒れている勝之助、甚三郎の二人を見て、

「しまった、遅かったか」

と呻《うめ》いた。……同時に小弥太が、

「大丈夫、峰打ちだ」

と云った。

「……十郎左を止めてくれ」

「おお、池藤、貴公だったのか」

喜兵衛は云いながら間へ割って入った。

「貫島、刀をひけ、いいから刀をひくんだ。……軽はずみなことをしてはいかんと申したのに、年甲斐《としがい》もないぞ」

「我々は待ち切れないのだ。もう一刻も」

「仔細があるんだ。とにかく刀をひけ」

十郎左は黙って刀をおろした。

「ここは拙者が預かる」

喜兵衛は振返って、

「話はあとで聞こう。貴公はいない方がいい」

「そうか、では後に」

そう云って、小弥太は大剣を納めた。

八

それから三日めの夜。

小弥太の居間に、堂上喜兵衛、渡部勝之助、貫島十郎左の三人が集まっていた。

……小弥太は小机の上に、なにか細かく書込んである巻紙をひろげながら、さっきから低い声で説明していた。三人とも石のように硬い表情で、眼には驚愕《きょうがく》の光を湛《たた》えながら聴いていた。

「……その他に、朝倉の幸田久左衛門、安芸の住江宮内がいる。この二人は各々も知る通り土佐でも五本の指に折られる豪族だ。以上……八人の者たちは、長曾我部氏の以前からそれぞれ、その土地に強い勢力の根を張っている。……いいか、そして斧兵衛どのは、この一年あまりというもの、これらの豪族どもと絶えず密会しているのだ」

「それはいったい、どういう意味だ」

「分らない。拙者にもまだ分らないのだ。……一応は、豪族どもを懐柔なさろうとしているとも思える。然《しか》し不審なことは、……正念寺で密会する者のなかに、関ケ原残党の槇島玄蕃頭がいることだ」

三人は、いきなり撫《な》でられたような表情を見せた。……半刻《はんとき》ほどのあいだ、彼等は次から次へとそういう驚きの連続であった。

小弥太の調べに依《よ》ると、高閑斧兵衛はこの一年のあいだ、城下の西にある正念寺《しょうねんじ》という古寺で、ひそかに諸方の豪族と密会していたのである。……彼がいま挙げた名の他にも六人、みんな土佐に旧《ふる》くから土着している郷士たちで、豊かな金力と精悍《せいかん》な農兵を擁し、これまで傲然と山内家に反抗しているものである。……然も、最近になって、関ケ原残党の武将までが密会に加わっているというのだから、その理由が不明なだけ困惑と不安は大きかった。

「それで、貴公はどうする積りなのか」

「今のところでは、どうしようもない。高閑どのがなんの目的でそういう密会をしているか、その本心をつきとめるのが第一だ。それまでは、貴公たちも事を急がず、拙者の調べに力を藉《か》して貰いたいのだ」

「どのようにも手助けをしよう」

「なんでも申付けてくれ」

三人は、熱心に膝を進めた。

小弥太はその言葉を待っていたように、十郎左には浦戸の見張りを、勝之助は正念寺を、喜兵衛には城中での老職たちの動静を、それぞれ手ぬかりなく見張るように頼み、尚《なお》、これらの始末を他言せぬように念を押した。

三人が辞去して間もなく、小弥太が寝所に入ろうとしていると、婢《はしため》のかよが、ひどく狼狽《うろた》えた様子で走って来た。

「急いでおいで下さいまし。高閑のお嬢さまが……」

「小百合どのがどうした」

「御自害をなさろうとして……」

小弥太は愕然として部屋をとびだした。

母親の隣りの部屋を小百合に与えてある。行ってみると母が娘の両手を掴んで引据えていた。……小屛風《こびょうぶ》と机が倒れ、筆や硯《すずり》が散乱している。小弥太は叱りつけるように、

「小百合どのなにごとです」

と云いながら坐った。

短刀を捥《も》ぎ取られた小百合は、そこへ突っ伏して泣きはじめた。……母親は真白《まつさお》な顔をして、肩で息をしながら短刀を鞘《さや》に納めた。

「どうしてこんな事をなさるのです。拙者が家の妻に迎えると申上げたのを、冗談だとでも思っているのですか」

「小弥太、そのような不作法なことを……」

「不作法は承知の上です」

小弥太は小百合の方へ膝を進めて、

「高閑どののお手から貴女《あなた》をお預かり申したとき、拙者がそう云ったことを御存じでしょう。あれから詫び言を申上げてもお父上は御承引なく、娘は勘当した、死体になって戻るとも家へは入れぬと仰せられる。……それはお父上が、貴女を拙者の妻に下さるお心なのだと思っていました。……貴女はそうお考えになれませんか、それともそう考えたうえ、池藤に嫁《か》すことは出来ぬと思われて」

「いいえ、違います」

小百合は、噎《むせ》びあげながら遮《さえぎ》った。

「わたくし、お情けのほどは身にしみて、有難く、嬉しく存じております。……けれど、どうしても生きてはいられませんの」

「なぜです。その仔細を聞かせて下さい」

云いかけて、小弥太は母に眼配《めくば》せをした。そして母が静かに去ると、更にもうひと膝進みながら、

「小百合どの」

と低く力を籠《こ》めて云った。

「拙者にも大抵は、察しがついているのです。自害すればそれで貴女自身のことは、解決できる。けれどそれだけで宜しいのですか。拙者はお父上が土地の豪族たちと密会し、尚また関ケ原の残党どもを」

「池藤さま、……中上げます」

九

小百合は堪《たま》り兼ねたように、小弥太の言葉を押切って云った。

「なにもかも申上げます。……貴方《あなた》さまが御存じならば、黙って死んでも罪は消えませぬ。仔細を申上げて御処分を受けまする」

「さあ伺いましょう」

「父は、……謀反《むほん》を企《たくら》んでおります」

小百合の言葉は、先《ま》ず意表を衝《つ》いた。……小弥太はごくっと喉《のど》を鳴らしたが黙っていた。

「大通院さま御他界この方、当うえさまはじめ、御老職がたにとかく疎《うと》んぜられるとか申し、父はたいそう僻《ひが》んでいたようでございます。そのうちにふと安芸郷の住江宮内さまと往来なさるようになり、次々と郷士の人々を語らいまして、今では土佐で勢力のある豪族たちは、殆んど味方につけてしまいました」

「それで、貴女が謀反と云うのは、全体どのようなことですか」

「父の様子が余りに不審でございますから、わたくしは絶えず注意をしておりました。すると先日、父の居間で恐ろしい書物《かきもの》をみつけたのでございます」

小弥太は、全身を耳にして乗出した。……娘は気臆《きおく》れのするのを、自ら強く励ますようにしながら続けた。

「それは、一味の人々に与える手配り書きでございました。……土地の豪族の名、関ケ原で治部さまのお味方をした大将分二人、槇島玄蕃頭さまと木村壱岐《きむらいき》さま、この方々の手兵合わせて二千五百人、今月十六日の朝、鷲尾山《わしおやま》の谷合《たにあい》に集まって旗挙げの軍議をするとの仔細が、書いてございました」

「それでは十六日の朝、二千五百余の兵をすっかり鷲尾山《わしおやま》の谷合へ集めるのですね」

「其所《そこ》へ集まるのは重立った人々だけでございましょう。武具弾薬を浦戸から陸揚げすると同時に、城攻めをするというように認《したた》めてございました。……わたくしはその書物を見ましたので父を諫《いさ》めようと存じましたら、……父は怒って手討ちにすると申し、庭へ曳き出されましたとき貴方さまに助けて頂いたのでございます」

小百合は、絶望的に小弥太を仰ぎながら、

「池藤さま、わたくしが生きていられぬと申上げました仔細、これでお分りでございましょう。小百合は大逆人の娘、とても貴方さまの妻になれる体ではございませぬ。また謀反人の父を持って、このまま永らえてもいられませぬ……どうぞ自害をさせて下さいまし」

「お待ちなさい、自害はなりません」

小弥太は抑えるように云った。

「勘当された以上、もう貴女は高閑どのの娘ではない、改めて云うが唯今から池藤小弥太の妻です。大逆人の娘どころか、貴女は大逆を未然に防いでくれたのだ。貴女は山内家にとって非常な手柄をたてたのです。……小百合どの、忘れても軽挙なことをしてはなりませんぞ。拙者は出掛けて来ます」

「父は……父はどう成りましょう……」

「高閑どのは、御自分の考えた通りになさるでしょう。……と……申しても貴女には分らぬ。孰《いず》れお話しするまで、貴女は小弥太の妻だということを忘れずに、待っていて下さい」

小弥太は蒼惶《そうこう》と立ちあがった。

斧兵衛謀反！

一豊が山内家にとって無二の功臣と云った、その高閑斧兵衛が、主家に弓を引こうとしているという、余りに意外な、想像を絶した事である。もしそれまでに斧兵衛の不審な行動を調べていなかったとしたら、小弥太でも直《す》ぐにそうと信ずることは出来なかったであろう。……然し彼は今こそ合点がいった。今日まで分らずにいた根本をつきとめたのである。

小弥太は、馬を飛ばして登城した。

もう十時を過ぎていたが、大変と聞いて忠義は引見を許した。そのとき忠義はまだ十八歳の対馬守《つしまのかみ》であったが、闊達《かったつ》英武の質で事理に明るく、土佐二十余万石の領主として亡き一豊に劣らずと嘱望されていた。……それにしても、若き忠義にとって、斧兵衛叛逆《はんぎやく》と聞いた驚きは非常なものであった。

「憎いやつ、憎いやつ」

忠義は、面色を変えて怒った。

「直ぐに総登城を触れい。明日とも云わず今宵《こよい》のうちに、討手を向けて踏み殺してくれる」

「恐れながらそれは不得策に存じます」

「なにか他にてだてがあると申すか」

「総登城を触れまして、もしその中に一味の者が居りましては一大事、……私が老職どもにも計らず直ちにお目通りを願いましたのもそのためにて、これは隠密のうちに不意を衝《つ》き、一挙に事を始末するが万全と存じます」

「方策を申してみい……」

「十六日と云えば明後日、当日早朝、お上には猪《いのしし》狩りを仰せ出されますよう、お旗本の士だけ二百人、勢子《せこ》として鉄炮足軽《てつぽうあしがる》五百人、人数はこれで充分と存じます」

「そのような手薄で出来るか」

「鷲尾山の本拠を屠《ほふ》るには充分と存じます。あとはお城がかり、浜手がかり、この方こそ大切でございますが、これは堂上喜兵衛、渡部勝之助、貫島十郎左どもに、先手組を以《もっ》て当らせまする」

「よし其方に任す。鷲尾山へは余も行くぞ」

「お家にとって一期《いちご》の大事、十六日早朝までは、誰人にも御隠密に！」

「覚えて置く。其方もぬかるな」

忠義の眼は、炬火《たいまつ》のように光っていた。

十

だだだあん、だあーん！

銃声が山々にこだました。鬨《とき》の声が遠雷のように谷間を塞《ふさ》いだ。鷲尾山の西側から突込んで来た一隊と、宇津野《うつの》の峰越しに雪崩《なだれ》込んだ一隊とが、銃隊を先頭にして、猛然と蛭谷《ひるだに》へ奇襲を仕掛けたのである。

時は慶長十二年三月十六日。

蛭谷の一角に造った砦《とりで》には、高閑斧兵衛を筆頭に、幸田久左衛門、住江宮内、早坂仁兵衛、一木、田郷、的場、山奈、奥内などという土佐の豪族と、槙島玄蕃頭、木村壱岐守等、十余名の者が集まっていた。

忽如《こつじょ》として起こった襲撃に、——すわ、ことやぶれぬ。

と蹶起《けつき》した人々は、僅《わず》かに二百人足らずの手兵をもって防戦に当ったが、完全に不意を衝いた城兵の勢《いきおい》は凄まじく、先ず銃隊の一斉射撃に遭って叛軍《はんぐん》が崩れたつと、続いて突込んで来た忠義旗下の精兵は、錐《きり》を揉《も》み込むように本陣の砦へと驀地《まっしぐら》に肉薄した。池藤小弥太は、先頭にいた。

彼は穂先二尺に近い大槍を手に、四辺《あたり》に群がる敵兵を殆んど無視したまま、遮二無《しゃにむ》二《に》本陣へと突進した。……銃声は絶えたが、白兵戦の叫喚は谷間に満ち、撃ち合う物具《もののぐ》、飛び交う剣槍、蒙々《もうもう》と舞い立つ土埃《つちぼこり》のなかに、これらのものが、まるで悪夢の如《ごと》く展開している。

砦の中は嘘のようにがらんとしていた。……踏込んだ小弥太は大音に、

「高閑どの、見参仕《つかまつ》る。高閑どの」

と絶叫しながら、奥へ進んだ。

「……応！　斧兵衛は此処じゃ」

昂然《こうぜん》と叫ぶ声がして、向うから高閑斧兵衛が現われた。……黒糸縅《くろいとおどし》の鎧《よろい》に兜《かぶと》は着《き》ず、自慢の槍を持って悠々と進み寄る。「小弥太か、待兼ねたぞ、参れ」

「……御免！」小弥太はそのまま突込んだ。

老いたりとも千軍万馬の勇士、亡き一豊と共に一生を戦塵《せんじん》の中に過した斧兵衛だ。むざとは討てまい。……小弥太はそう覚悟していた。しかし斧兵衛はひと合せもせず、その体を盾の如く、小弥太の突掛ける槍の下に脇壺《わきつぼ》を刺貫かせて撞《どう》と倒れた。……それは事実、『刺し貫かせた』というべきである。小弥太は呆《あき》れ、

「……高閑どの」と槍を引いた。斧兵衛は声高く、

「あっぱれ手柄だぞ、小弥太」

と自分の首を叩《たた》きながら云った。

「早くこの首打って殿の御前へ持て。……最期に臨んで其方だけに申す、最早《もはや》お家は万歳だぞ」

「…………」小弥太は雷火に撃たれた如く、総身を震わせながら、斧兵衛の白髪首を見下ろしていた。

十一

同年九月二十日。

月輪山真如寺に於《お》いて一豊の三周忌が行われた席上、小弥太は休息の間で、忠義に人

払いの目通りを願い出た。……そして、涙と共に、斧兵衛叛逆の真相を伝えた。

忠義は、むろん直ぐに信じられなかった。

「……大通院さまは、御他界の数日前、斧兵衛を召されて追腹を許すと仰せられました。しかし、それには土産が要る。三年のあいだに土産を拵《こしら》えて追って参れ……そう仰せあそばされたそうにございます」

「それがあの叛逆だと申すのか」

「土佐の各地に根強い勢力を持って、お家に反抗する豪族どもは、尋常一様の手段で帰服する気色がございません。斧兵衛は追腹すべき命を延ばし、これら土豪たちと謀反を計ったうえ、ひとところに集めて自分もろとも、一挙に禍根を亡ぼしたのでございます。……娘小百合がその密謀を知りましたのは偶然のことでなく、斧兵衛が態《わざ》と知れるように計りましたので、娘の口から私に伝わることを承知のうえと存じます。……最期に臨んで『最早お家は万歳』と申しました時の、斧兵衛の静かな、笑《えみ》を湛《たた》えた顔が今でも、私の眼にははっきり見えまする」

「……小弥太！」遂に、忠義は感動に震える眼をあげて、宙を睨《ね》めながら云った。

「よく分った、よく分ったぞ」

「はあっ」

「大通院さまが御臨終に、……斧兵衛は当家にとって、格別の者と仰せられた。格別の者と、……心と心と、こんなにぴったりと触れ合うものだろうか、大通院さまと斧兵衛と。……小弥太」

忠義の声はいつかしめっていた。

「斧兵衛は、土佐の国柱だな」

「そのお言葉を……ひと言、生前の斧兵衛に聞かしてやりたかったと存じまする」

「泣くな、……」

忠義は、脇を向きながら云った。

「そして、そう思うなら、娘小百合に眼をかけてやれ。……斧兵衛にもし心残りがあるとすれば、それだけであったろう。よいか」

「……殿」

小弥太は涙の溢れる眼で、忠義を見た。

客殿の広縁には秋の日が明るく、土佐二十余万石の礎《いしずえ》が、確固として築かれたのを祝福する如く、前庭の樹々は錦繍《きんしゅう》を綴《つづ》って眼もあやに燃えていた。

熊谷十郎左《くまがいじゅうろうざ》

一

「市松《いちまつ》待て！」

突然わが名を呼ばれて、福島正則《ふくしままさのり》は愛馬如月《きさらぎ》の手綱をぐいと絞りながら、

「誰《だれ》だ？」

と振返った。声に応じて傍《かたわら》の叢《くさむら》からぬっと出た浪人態《てい》の武士、大太刀《おおだち》をふるって、

「首をもらうぞ！」と走り寄った。

「推参な下郎め、名乗れ！」

「故治部少輔《じぶのしょうゆう》三成《かずしげ》の家人《けにん》、久代《くしろ》寛第《かんだい》と申す者だ、亡主の遺恨思い知れ！」

石田三成関ケ原に敗戦して六条《ろくじょう》に斬《き》られ、秀頼《ひでより》は大坂城に亡《ほろ》んだ。これ皆もとは故太閤《たいこう》殿下恩顧の諸大名ども、いずれも徳川家に加担して大坂城の堀《ほり》を浅くしたためで

ある。ことに正則は関ケ原で三成に弓を射かけた敵、折あらば治部少輔の遺恨を一太刀酬《むく》いようと、窺《うかが》い狙う者二三にとどまらなかった。折も良しこの日、備後《びんご》安芸《あき》五十万石《ごく》福島左衛門《さえもんの》尉《じょう》正則は、城外己斐山《こいやま》に狩を催したが、生来の剛気闊達《かったつ》だ。興の進むにつれていつか近侍の者を離れ、獲物を追ってここ己斐谷の奥深く馬を乗入れて来たのであった。

「狼狽者《うろたえもの》め、喰詰者《くいつめもの》のなまくらでこの正則をみごと斬る気か」

「ほざくな、死ねい！」

矢声《やごえ》とともに斬りつける、正則は持った鉄鞭《かなむち》でぴしりひっ払うと、

「うぬ、来い！」喚《わめ》きざまひらり馬からとび下りて腰の藤四郎吉光《とうしろうよしみつ》を抜いた。その時二三十間はなれた雑木林の中から、

「曲者《くせもの》、さがれい！」

大音に喚《わめ》きながら走り出た徒士組《かちぐみ》の物具《もののぐ》つけた若武者一人、持っていた手槍《てやり》を取直すとぱっと投げた、空を切って飛んできた手槍は横さまに久代の股《また》の間へ入る、手練《てだれ》だ、出足に絡《から》んだからたまらない、たたらを踏んで前へのめる。

「邪魔するな」と立直るところへ、

「相手をしよう、こい！」と喚きつつ駈《か》けつけた若武者、小太刀を抜いて詰寄った。

振返りざま寛第が、

「うぬ」大太刀を真向へ！

「とう」鍔止《つばどめ》にひっ払って踏込むや否《いな》や、

「や！　えい!!」

面へぱっと割りつけて返す剣、脾腹《ひばら》を胸まで斬って、とび退《しさ》った。早業だ。

「が――」異様に喚いた久代寛第、二三歩出て大大刀を取直そうとしたが、がくんと膝《ひざ》が折れてそのまま、

「む、無念だ！」悲しく呻《うめ》きながら前のめりに倒れる。脇へ廻《まわ》った若武者、寛第の呼吸を窺っていたが、つと寄ってぱっと首を刎《は》ねた。

「みごとだ！」

正則が大きく声をあげると、若武者は手早く刀を納めてはっと平伏した。色も変えぬ若武者を心地よげに見下した正則、

「見覚えのない顔だな、新参か」

「は、関ケ原の陣より御奉公仕《つかまつ》ります」

「誰の組下だ、名は何という」

「先年亡《な》くなりました可児才蔵《かにさいぞう》の下にて、唯今《ただいま》は無役、熊谷十郎左《くまがいじゆうろうざ》と申します」

「ふむ、竹葉軒の組下で十郎左――」

正則なにか思い出した容子《ようす》で、

「では、獺《かわうそ》眠りの十郎左というはそちであろう」

「は、これは恐入ります」

平伏するのを見て正則にやにや笑った。

「獺の昼寝をそのまま、暇さえあれば眠っているで獺眠りの十郎左。はははは、たしかそうであったの？」

「は、そのとおりで――」

十郎左もにやにや苦笑しながら、べつに悪びれもせぬ有様。正則は藤四郎吉光を鞘《さや》に納めて腰からぐいと脱《と》ると、

「褒美《ほうび》じゃ、取っておけ」と差出した。十郎左は臆《おく》する色もなく膝行《しっこう》して、

「は、かたじけのう頂戴《ちょうだい》仕ります る」

押頂いて受取った。塵《ちり》を払った正則、乗棄《のりす》てた愛馬如月に跨《また》がると、

「供《とも》せい！」

と一言、鞭をあげて谷口のほうへ向った。

もと徒士組五十石二人扶持《ぶち》、無役の熊谷十郎左は、曲者久代寛第を斬って正則の危

急を救った功により、吉光の銘刀を拝領のうえ食禄《しょくろく》百五十石を加増、間もなく四ノ廓《くるわ》内に邸《やしき》を賜って移り住むことになった。

二

「おい、獺眠りめが出世したな」

「泰平の世にうまい儲《もう》けだ」

「二百石取となれば獺眠りもできまいが」

家中《かちゅう》の評判はしばらく十郎左で賑《にぎわ》っていた。ところが当の十郎左、二百石ぐらいで獺眠りをやめるような生易しい男でなかった。賜った邸《やしき》は暴れ者揃《ぞろ》いの旗本組屋敷の隣りで、骨っぽい連中の眼《め》が四方から絶えず光っているにもかかわらず、暇さえあれば十郎左、ごろりごろりと寝て暮らした。

集りにも出ぬ、酒の付合もせぬ、そればかりか朝夕の挨拶《あいさつ》も満足でない。旗本組の若手で、四ノ廓内に住む連中が集って武芸会というのをつくり、組頭の邸に寄って月に二度ずつ武芸試合の催しをする。これには組以外の者も参加して武術を練るようにと、係奉行からそれぞれ申渡されているのだが、十郎左ばかりは知らぬ顔であった。

「どうして武芸会へ出ないのだ？」腹にすえかねたのがそう云《い》って詰《なじ》ると、

「おれが出るとせっかくの催しが駄目《だめ》になるでな」と空嘯《そらうそぶ》いている。

「どうして催しが駄目になるのだ」

「およそ役にたつ武芸は荒く練るのが法だ、なるべく打たれぬよう、怪我《けが》せぬように、と、逃れることから先に考えてかかるような武芸会に、十郎左の荒い剣法が出たら、あたら木剣踊りに死人ができようも知れぬからよ、ははは」

これを聞いて武芸会の連中怒った。

「怪《け》しからぬ十郎左め」

「我らの剣術を木剣踊りと云ったな」

「押しかけて行って打ちのめしてくれよう！」

拳《こぶし》を顫《ふる》わせていきり立った。

しかし、獺眠りなどと馬鹿《ばか》にはしているが、腕のたつことは皆知っているから迂闊《うかつ》には手を出さなかった。折があったらひと泡吹かせてやろうと待っているうちに、今度はもっと皆の膨れあがる事件が持上った。

それは。藩の作事奉行を勤める二千七百石間堂八左衛門《ごんどうやざえもん》というのに一人の娘があった。その時十八歳、瓜実顔《うりざねがお》のきりりと緊《し》まった肉付、肌《はだ》は小麦色で髪は丈に余るばかり、名を妙《たえ》と呼ばれるこれが、城中若武者たちの狙いの的になっていた。

「我こそあの妙女を家の妻に」

「拙者こそ婿《むこ》に」

と心の内で面々に望んでいた。望んでいたばかりでなくそれぞれ人を頼んで、ぜひ嫁にと申込んだ者も三、五人にとどまらなかったが、八左衛門なかなか応と云わなかった。全体あんなにして誰にやるつもりだろうと、皆がやきもきしていると。ある日、下城の途中間堂八左衛門は馬を熊谷十郎左の邸へ向けた。

作事奉行の訪れと聞いて、縁先にまろ寝をしていた十郎左も、さすがに慌《あわ》てて洗面し衣服を改めて、匆々《そうそう》に客間へ出た。

「は、手前十郎左にござります、不意の御入来何か御用にても――」と頭を下げるのを、八左衛門ににこにこしながら抑えて、

「いや、そう固くなられては困る、実はちと折入った頼みがあってな」

「私にお頼み！」

「手取早く申せば嫁をもらっていただきたいのだ」

「それはまた急な――」

「実は拙者の娘で妙と申すものがいる、美しゅうも賢《かしこ》うもないが、親のめがねで武家

の妻に必要な嗜《たしな》みだけは授けてあるつもりじゃ、今日まで諸方より縁談もあったがみな断ってきた、貴殿ならばと見込んで親爺《おやじ》じきじきの押掛話じゃ、嫁にもらってくだされい」

「それは平に御辞退いたしましょう！」

十郎左、言下に答えた。

三

「なに厭《いや》か？」

八左衛門、思わず眼を瞠《みは》った。

当時主君正則の第一の寵臣《ちょうしん》、間堂八左衛門が自慢の娘を、親の口からもらってくれと頼まれて、一応考えでもすることか言下にぴたり断るとは、さすがに獺眠りの十郎左、一風も二風も変った男である。

「なぜいかぬ、拙者の娘ではお気に入らぬか？」

「いや、そうではござらぬ」

十郎左落着はらって答える。

「私考えまするに、戦塵《せんじん》一度は納って、世は泰平の緒についたかに見えますれど、諸国の帰趨《きすう》は未《いま》だ統一を欠き、人心の不安もまた鎮《しず》まらず、いつまた世を挙げての合戦となろうも知れませぬ、迂闊に妻など娶《めと》ってもしそうなる時は、要なき歎《なげ》きをみせるばかり、それを思いこれを思い御辞退申したのでござる」

聞くより間堂はたと膝を打った。

「うん、よく申した、あっぱれな覚悟それがしまず恥入らねばならぬ」

「いやなかなかもちまして——」

「そこでな十郎左殿、間堂八左衛門改めて貴殿に頼みがござる」

「と仰《おお》せられますと」

「男暮しは何とやら不自由なもの、世俗にも蛆《うじ》がわくとか申すくらいだ、幸い娘妙だが、これは家に遊んでいるも同様な軀《からだ》、嫁にとは云わぬこちらへ寄来《よこ》すから、濯《すす》ぎ洗《せん》濯厨《たくくりや》のことでも召使ってもらいたいが、どうだな」

「いやそれは余りに失礼」

「失礼でない、という訳を申そう、実はこれは妙からの頼みなのじゃ！」

「え？」こんどは十郎左が驚いた。

「かようなことを親の口から申すべきではあるまいが、つい先だってのこと、妙め拙者と奥を前にして、下女にでもよい十郎左様の傍《そば》で暮したいと立派に申しおったのじゃ、健気《けなげ》な心根いとしゅうなってかように、不躾《ぶしつけ》な使者に立った親心、頼む十郎左！」

「――――」

「明日よこすから、この家の隅《すみ》において召使ってやってくれ、くれぐれも頼み申したぞ！」

「ああそれは――」止める手を振切って八左衛門は帰ってしまった。

ああは云ったがまさか一藩の作事奉行ともある者が、娘を下女には寄来すまいと高をくっているとその翌朝、まだ暗いうちに裏口から、小さな包を一つ抱えた娘が一人さっさと勝手へあがってくると、呆《あき》れかえっている下男を押除《おしの》けて水仕《みずし》に掛った。それと聞いて十郎左も驚いた。急いで行って、

「あなたは？」と訊《き》くと、娘は手をつかえて、

「妙と申します、どうぞよろしく」頰《ほお》を染めながら俯向《うつむ》いた。すんなり育ちきった肩から腰への肉付、むっくりと盛上った胸のふくらみがさすがに十郎左の眼には眩《まぶ》しかった。

「こりゃあ内の大将の負だ」

下男が側《そば》でにやにやしながら考えていた。さあこれを聞いて旗本組の若手が騒ぎだした。

「おい聞いたか？」

「うん、実にもって心外千万だ、獺眠りごときにお妙殿が押掛け花嫁とは何たることだ」

「間堂殿も気が知れぬ、藩中に男がないではなし、選《よ》りに選って十郎左とは、まるで我々を蔑《ないがしろ》にしたも同然ではないか」

「こうなるうえは是非に及ばぬ、十郎左めをうんというほど打懲《うちこら》してやらねば、第一我ら旗本組の意気地が立たぬ！」

それでなくとも高慢の鼻へし折ってくれようと機会を窺っていた暴れ者ども、それに恋の恨《うらみ》が重なったからその勢は物凄《ものすご》いばかり。

「おいいことがあるぞ、集れ」と、ある日、中にも骨っぽいのが四五人、首を集めて何かひそひそと秘策をめぐらせていた。

かくて颪を待つ六月も二十四日となった。この日は故可児才蔵の忌日に当っているので、十郎左は毎年、城下から東に三里ばかり行った府中村の寺にある、竹葉軒才蔵の墓に参詣《さんけい》するのを欠かさぬ習わしとしていた。今年も例のとおり香華《こうげ》を手向けようと家を出たが、所用で刻《とき》を過したので寺に着いたのは夏の日も既に暮れきった時分であった。

「これはすっかり夜に入りましたな、提灯《ちょうちん》をお持ちなされたがようござりましょう」

寺僧のすすめるのを断って、いつかじっとり夜露さえ下りた道草を踏みながら、城下はずれ俗に千町畷《せんじょうなわて》という処《ところ》へさしかかったのは、もう五つ頃《ごろ》のこと、海のほうから吹く風がひんやりと潮じめりを肌へもってくる。

「はてな？」突然、十郎左はいぶかしげに首を傾《かた》げながら足を止めた。

四

途《みち》すがら、夜気いっぱいに虫の音を聞きつつ来たのに、畷へかかって二三町、小松《こまつ》原《ばら》のあたりまで来るとばったりそれが絶えてしまった。

「何かいるな」そう思って神気《しんき》を凝《こ》らすと、ひしひしと身に感じられる殺気だ。

「待伏せだ、少くとも五人はいるな」頷《うなず》きながら、ふたたび何気ない態で歩いて行く。と——果して小松原の中からばらばらと躍り出た一人の男、無言のまま木剣をふるってはっしと打って掛った。

「出おったな案山子《かかし》め！」

叫びながら体を捻《ひね》った十郎左、外されてのめる奴《やつ》には眼もくれず、

「一人ずつは面倒だ、隠れているのも出ろ、五人や十人に驚く十郎左ではないぞ！」

小松原のほうへ呶鳴《どな》ったからわっと総立。

「うぬ大言を吐くな！」

「それ出ろ！」

喚《わめ》き喚き四人の荒くれ、手に手に寸延《すんのび》の木剣を提げて街道へとび出してきた。十郎左は道のまん中に大手をひろげて、

「こい、へろへろ武士の木剣踊りも、たまに見るのは乙だろう、だが下手に騒ぐなよ、十郎左の技は少し荒いぞ！」

「ええその高慢の鼻へし折ってくれる！」

「やれ!!」

罵《ののし》りざま左右の二人が、ぱっと打込んでくる、右足を退《ひ》いて十郎左、「どっこい」と交わす、とたんに前のが必死の上段、真向から打下した。風を切って落ちてくる木剣、右へ外して出る、いつ誰のを奪い取ったか無反《むぞり》の木剣、身を沈めながら、

「まず二人だ！」喚きざまひっ払った。

「あ！　う!!」諸声《もろごえ》に横へすっ飛ぶ両名、残ったのが思わず二三歩さがるのへ跳込んで、

「三人！」と叫んで脾腹へばっ！　くれておいて返す早業だ、三人めが呻きながら膝をつくよりも、四人めがだだだと尻居《しりい》に倒れるほうが早かった。

「これで四人か」と立直った時、残る一人は七八間先で生きた心地もなく、ただ木剣を構えているというばかりだ。十郎左からりと木剣をそれへ投出して、

「一人は片付役に残しておく、早く手当をして連れて帰れ」

「は、はい」顫《ふる》えている。

「ひと言申し聞かせてやる、耳をほじって聞け。武士が命を投出す時は一生に一度だ、分るか一生に一度だぞ、十郎左もその時がくるまでは獺眠り勝手のことよ。貴公らとてもそのとおり、大事のお役にたつまではせっかく命を大切になされい、分ったかな、分ったら、さらばだ」

云いすてると、見返りもせずに寛々として立ち去った。五人の暴れ者ども、呆れかえって見送るばかりだった。

隠すより顕《あら》わるるはない、いつかこのことが家中に弘《ひろ》まり、ついには正則の耳にまで達したので、いつか忘れるともなく忘れていた十郎左のことを、ふと又正則は思い

出した。

「十郎左に定番出仕をするよう、何か役を与えてやらぬか！」正則の御声掛《おこえがか》りだ。それでなくても権謀家間堂八左衛門の娘につながる縁だ、早速に十郎左は御使番に取立てられ、萩《はぎ》の間詰として城へ召されることになった。

「おめでとう存じます」

妙が逸早《いちはや》く祝いの挨拶をすると、さすがに十郎左も悪くないかして、

「うふふ」と含笑いをもらした。

秋は夏を追って去り、朝夕の霜ようやく白く、音戸《おんど》の瀬戸に鰤《ぶり》の味の濃くなる頃、十郎左は初めて宿直《とのい》に召されることになった。その第一夜であった。

ひどく冷える晩であった。

宿直の間は正則の寝所の控えにあって、二十畳敷ばかりのがらんとした造《つくり》、そこへ小さな火鉢《ひばち》が一つ、蛍《ほたる》の尻のような火がぽつんと光っている有様である。

「火の元は特に戒《いまし》めて！」と厳重な達しがあるから、毎夜十人ずつの宿直の人々は、身体凍えながらに夜明を待つ始末であった。初の宿直に出た十郎左、神妙に控えていたと思うとやがて四つ半に間もない頃、

「寒くて致方《いたしかた》がない、火鉢はこれぎりでござるか？」不平そうに云いだした。

「さよう、宿直の間にはこれが掟《おきて》、火種も多からずと定まっております」

「ふーむ、それでおのおのには寒くござらぬか？」

十郎左遠慮がない。

「――――」みんな面膨《つらふく》らせた、これが寒くなくってどうする、おれはさっきから後架《かわや》へばかり通っている。おれの胴顫《どおぶる》いは癇《かん》のせいではないぞと、いずれも胸の中で苦情たらたらだ。

「いずれもお寒いとみえますな」

一座を見廻してそう云った十郎左、すっと立って出て行った。また横紙破りが何か始めるぞと黙って見ていると、間もなく小侍にある青銅の大火鉢へ、かっかと熾《おこ》った炭火を山と盛上げ、三四人の若侍に舁《かっ》がせて運び込んで来た。見るより顔色を変えた一同、

「やっ、これは熊谷氏何をなさる」

「滅相な、乱心めされたか」

驚く人々を尻眼に、十郎左平然と大火鉢を宿直の間のまん真中へ据《す》えさせた。

五

「これはとんでもない、掟を破れば重い咎《とが》めのあるは知れたこと、我ら一同迷惑でござる、早々お取除《とりの》けくだされい！」

「それとも我々が運び出そうか？」

詰寄られたが十郎左びくともせず、

「まあまあ急《せ》かれな、拙者に思案がござるから、おのおのは黙って見ておられい」と平気で笑うばかり、何と云っても取合わぬ。

「これは御詰衆まで申上げなければなるまい」

「それがよろしかろう」

「拙者が行って参る」あくまで掟を恐れているとみえ、一人が急いで出て行った。間もなく、御詰に出ていた老職、宅間大隅が色を変えてやって来た。来るなりややしばらく、火の盛上った大火鉢と十郎左の顔を見比べていたが、やがて詰《なじ》るように、

「熊谷とやら、掟の面承知でこの火鉢を持込んだのであろうな？」

「いかにも、承知で仕《つかまつ》った！」

「不届千万な儀だ」大隅はかっと声を荒らげた。

「城中の掟は軍令と同じく、禁令を犯せば重科たることも知っておろう、それを承知で掟を破るからには、定めし覚悟あってのことに相違ない、聞こう！　大隅しかと承わろうぞ！」

「申上げましょう」十郎左、待っていましたとばかり、恐れげもなくずいと膝をすすめた。

「はばかりながら、そもそも宿直の役目はいかなるものにござりますか。すなわち御寝所の控えに詰め、不意の変事に備え、万一曲者などある時は即座にこれを除いてもっぱら御主君の御安泰を守護仕るが役、さればこそ宿直に限り御錠口内まで刀を携えること御許しでござる。しかるに、この寒気のおりから、宿直の間に小《ささ》やかなる獅嚙《しがみ》火鉢ひとつ、火種も多きに過ぎずとあっては、夜半ならぬうちに宿直の者身心冷えきり、手足の指は凍えてとっさには箸《はし》を摑むことさえかないませぬ。かかる時万一にも、曲者あって御寝所間近を騒がし奉るとせばいかが、冷えたる心、凍えたる手足、竦《すく》みたる体をもって充分に働けましょうや、かじかみたる手に刀を取落し、痺《しび》れたる足に躓《つまず》き転び、御役目をまっとうすることができなかった節は何といたします？」

「うむ――」

「掟も重く、役目はさらに大切にございましょう、掟の面忽《ゆるが》せならぬとあれば、十郎左の痩腹ひとつかっ割いて御詫仕る、その代りには御詮議《ごせんぎ》の上今後、宿直の間には充分に火を置かれまするよう、きっとお計《はか》いくださりませい」きっぱりと云ってのけた。

道理に詰って宅間大隅、呻っているとさっと襖《ふすま》が明いて、意外にもそれへ正則が出て来た。

不意のことで一同吃驚《びっくり》、慌ててそこへ平伏する、正則はそれらに会釈もなく、

「十郎左の申すところもっともだ、宿直の間は充分に温《あたた》めてやるがよいぞ」

そう云い残して、そのままさっさと奥へ入ってしまった。

「お許しが出ました、さあこれで大威張でござる、いずれもお寄りなされぬか」十郎左は誇る様もなく微笑していた。

世の人が『獺眠り』と呼ばなくなったのはこの頃からである。

「妙どの！」

元和《げんな》三年（一六一七）の浅き春二月のある日、十郎左の居間で呼ぶ声がするから、急いで行ってみると一通の手紙をながめていた。

「お召でござりますか」

「これはそなたのもとへ来た書面だな」

「はい」受取って見て、

「左様でございます」

「そなた拙者のもとへ参ってから、折にふれてその旗野《はたの》新八郎《しんぱちろう》と申される仁と文通しておられるようだが、御縁者ででもあるかな」

「はい、弟でござります」

「――弟御?」

「本多上野介《ほんだこうずけのすけ》様御身内へ養子に参り、唯今《ただいま》では御留守居役とか」

本多上野と聞いて、十郎左の眉が寄った。

「かようにしばしばの文通でみると、よほど仲の良い御姉弟《ごきょうだい》と思われるな」

「いいえそうではござりませぬ、私は年に一度か二度が精々、大抵の手紙は父八左衛門と新八郎の取交わすもの、私はただ仲次役でござります」

心なく云ったのであろうが、十郎左の胸には異様に響いた。

「それは妙なこと、間堂殿はなぜじかに御文通をなされぬのであろう」

「それはあの、私が家におりました時分、よく私の文に父のを入れて送る習わしでござりました。日頃から頑固《がんこ》な性分ゆえ、年老いて末子の愛に溺《おぼ》れるなどと、同役衆から笑わるるが辛い、そう申しまして、姉の私に手紙のやりとりを頼むようになったのでございます」

「なるほど、そうもあろうか」

十郎左はさりげなく頷いてそのままその話を切った。

妙はしばらくそこに坐っていたが、それっきり十郎左が黙ってしまったので、そっと座を立とうとした、しかし何か去り難《がた》そうに、そこでまたしばらくもじもじしていた後、つと坐り直して、

「旦那さま」といつになくわくわくした調子で声をかけた。

「なんだ」と十郎左が顔をあげる。

「あのう、申上げようと存じながらついつい申しそびれておりましたが――」云いかけてぽっと頬を染めながら、妙は身を捻って俯向いた、丸まるとした肩から胸へかけて、めっきり艶《つや》めいてきたこの頃の肉付、匂うばかりの色気に思わず十郎左眼をしばたたいて、

「何でござるな――」

「私、体が、あのう」とまで云って、はっと袂《たもと》へ顔を埋めた。

「体がどうした」十郎左まだ分らぬ。

「あのう――、それゆえ私、実家《さと》へ養生に帰ろうと存じますが――」

「養生に帰る？　それはまたなぜ」どこまでも勘の悪い十郎左の顔を、妙は恨めしそうに見上げていたが、思いきったとみえて、

「赤児《やや》を産みに」と答えた。

「や？」十郎左あっと眼を瞠《みは》ると、いきなり敷物をめくられたように突立上って、慌てふためきつつ次の間へとび込んで行った。

「まあ、ほほほほ」妙は自分の羞《はず》かしさも忘れて、袂に面《おもて》を蔽《おお》って笑うのだった。

それから一刻《いっとき》あまりも後。

「少し歩いて参る」と云って十郎左はぶらり邸を出た。

城下を北へ、すたすたと通りぬけると神田川《かんだがわ》を越して大須賀《おおすが》村、そこからさらに二葉山《ふたばやま》へと登って行った。頂上へ登ると見晴台があって、広島《ひろしま》城の搦手《からめて》から城下がひと眼に見下せる実に良い眺めだ。何を思ったか十郎左、そこへ来るとじっと御城へ眼をやった。城の搦手は半年以前からの修築工事で、搦手御門から脇の木戸八番九番十番まで、櫓々《やぐらやぐら》にはまだ足場が組まれたままである。

「修築の采配《さいはい》を執っているのは作事奉行《さくじぶぎょう》間堂八左衛門――。本多上野は江戸の執政――。娘に托《たく》した文書の往来、うん！　これは迂闊《うかつ》に見逭《みのが》すことはできぬぞ」

深く頷いた十郎左、どっかとそこへ腰を据えて、鋭い眸《ひとみ》をいつまでも工事場から離さなかった。

六

山から下りて十郎左が邸へ帰ったのはもう日暮がた。家へ入ると妙が下男の左平《さへい》を捉《つかま》えて何か叱っている。

「どうしたのだ」と訊くと左平が、

「さきほど旦那さまが、風呂の焚付《たきつけ》にせいと仰せられてくださった反古《ほご》の中に、大事な御手紙がありましたそうで――」

「あの中に、今日新八郎から父へ参った封書がまざっておりました」妙は訴えるように十郎左を見上げた。

「それを焚いてしまったというのか？」

「はい」

「そうか、それは拙者の粗忽《そこつ》であった、そうと知らず反古を纏《まと》めて渡したつもりであったが、心付かぬことであった許してくれい」

「いいえ許せなどと——」

妙は快く笑顔を見せて頭を振った。

「明日、実家《さと》へ帰るがよい、左平に手廻りの物を持たせて遣わそう」十郎左はそういって居間へ入って行った。

その夜更《ふ》けて、灯《ひ》近く十郎左が密《ひそ》かに披《ひら》いていたのは、反古にまぜて焚かせたという旗野新八郎の書面ではなかったろうか。

いくばくもなく、

「獺眠りが山守になったぞ」

そういう噂が家中に弘《ひろ》まるようになった。三十日——五十日、十郎左は非番となるごとに必ず二葉山へ登って日を暮らすのであった。

「ぜんたい山の上で何を考えているのだ」

「天文でも始めたか」

「いや待て、いまにまた何かやらかすぞ！」

とりどりの噂を耳にもかけず、十郎左は来る日も来る日も御城修築の有様を見ては日を暮らした。

かくするうちに元和三年五月一日。修築もひとまず終るところへ、江戸の老中本多上野から、端午《たんご》の節句《せっく》の祝儀《しゅうぎ》申上ぐるため使者を差遣わした、という通知が広島城へ届いた。これは慶長《けいちょう》五年（一六〇〇）、正則が芸備五十万石に封ぜられて以来の習わしで、年々本多佐渡守《さどのかみ》から祝儀の使者を受けていたのであるが、前年正信が歿《ぼっ》したので今年から改めて上野介正純《まさずみ》が、父に代って祝儀の使者を差立てようというのである。

五月二日、上野介使者、備後福山を出立という報知《しらせ》がきた。その夜である。

「左平、これへ参れ」十郎左の呼ぶ声に左平が行ってみると、部屋の内を綺麗《きれい》に片付け、家財、什器《じゅうき》を幾つにも分けて始末した中に、十郎左が端然と坐っていた。

「これは——どうなさるのでござります」

「実は明日、御用向によって急に遠方へ参ることになった、そこで家財はこのままに致しておくゆえ、必要に応じてお前に処分してもらいたいのだ」

「それはまた急なことでござりまするな」

「これに処分いたすべき明細の目録が書認《かきした》めてある、もし御係より何も御申渡しのない時は、この目録によってよしなに処置を頼む！」そう云って一封の目録を差出した。

「御係りの御申渡しと仰せられますと——？」

左平何となく腑《ふ》に落ちぬところがある。訊き返そうとすると、

「もうよいから退《さが》って寝ろ」

と云われたので、目録を預って退った。

明くれば元和三年五月三日、からりと晴れた夏空だ。平日より早めに床を出た十郎左、体を水で潔《きよ》めて食事はかたちばかり、衣服を改めて出仕の支度が済むと、左平を呼んで一通の書面を渡し、

「いま一刻経《た》ったら、この書面を間堂家にいる奥へ持って行ってくれ、一刻の後だぞ」

「かしこまりました」

「では行って参る、達者でおれよ」

ひと言を後に十郎左は邸を出た。

城へ登った十郎左、遠侍《とおさぶらい》へ出るとすぐに八左衛門が登城したかどうかを訊ね、まだ登城していないことをたしかめると、そのまま自分の御詰である萩の間へ通った。

とかくするうち四つの太鼓が鳴る。それを合図に老職の者がおいおいと登城してきた。十郎左は萩の間の入口に坐って、それとなく御廊下を通って上る人々に眼を配っていたが、やがてすっと立上った。間堂八左衛門が足どり急《せわ》しく上って来るのをみつ

けたのだ。

「十郎左か」

八左衛門が早くもみつけて声をかけた。十郎左は無言でつつと走寄る、殺気を感じたから八左衛門足を止めて、

「どうした、十郎左」

「お命を頂きまする！」ぎらり抜いた。

「狼狽《うろた》えるな、御城中なるぞ」

「御免！」さっと斬ったが、さすがに腕が鈍って肩を僅かに傷つけたばかり、しまったと思って二の太刀、突きに寄ると必死に体をひらいて、

「ま、待て」と間堂。叫びながらばたばたと逃げだした。これを見た詰合《つめあい》の面々、

「十郎左乱心でござる、お出合めされ！」

わっと総立になった。

七

八左衛門は足にまかせて御錠口のほうへ逃げて行く、駈《か》けつけた人々一度は十郎左

を押取囲んだが、必死の勢に恐れてはっと散った。御杉戸《おすぎど》の近くで追付いた十郎左、「御卑怯《ごひきよう》でござりますぞ」呼びながら前へ廻った、後傷をさせまいという意《こころ》だ。

「ま、待て、何ゆえの刃傷《にんじよう》だ」

「申しますまい、黙ってお命を頂くがせめてもの聟《むこ》引出、御覚悟遊ばせ！」

「さては――あれを知ったのだな」八左衛門腸《はらわた》を絞る悲痛な呻きだ。

「福島家にこの男あった、あ、あっぱれな十郎左」

「御免！」踏込んだ十郎左、肩から胸までずん！　と斬下げた、倒れながら八左衛門、

「た、妙が、かわいそうに」糸のような声で云ってがっくりうつ伏した。十郎左すり寄って止《とど》めを刺す。あまりの凄じさに、手を出すこともできず遠巻にしていた人々、

「十郎左乱心でござる！」

「お出合めされ！」いたずらに騒ぐばかりだった。

その時廊下を踏鳴らしながら、かなたから正則が駈けつけて来た。騒ぎを聞いて近侍の止めるのもきかず跳んで来たのだ。

「曲者はいずれにおる」城中にがあんと響く大声で喚きたてた、さっと左右にひらいて平伏する人々の中に、自分の愛臣間堂八左衛門の死骸《しがい》を置いて、熊谷十郎左が端然

と控えている、

見るより癇癖《かんぺき》な正則は詰寄って、

「うぬこの始末は何だ!!」喚きたてる、声の下に十郎左はっと低頭して、

「申訳ございませぬ、十郎左思わず心を取乱し、過って間堂殿を殺《あや》めましてございます、御成敗のほど！」

「ええ、白痴《たわけ》め！」正則ぶるぶる拳を顫《ふる》わせ、

「庭へ、に、庭へ出ろ、詮議に及ばぬ、八左衛門の仇《かたき》余がじきじきに斬殺してくれる！」

「はっ！」

十郎左すっと立って、悪びれた様もなく庭へ下りる。日頃の烈しい正則の気性を知っているから、老職どもも手が出せぬ、あれあれと見る間に十郎左は御庭先へ出て、芝生の上にきちんと坐った。

「佩刀《はかせ》！」叫んで奪い取るように、小姓の手から刀を取るときらり引抜いて庭へとび下りた。正則が背後へ近づくと十郎左が、

「殿！」と低い声で云った。

「この内に書認めたものがございます。殿御一人にて密々に御披見《ごひけん》下さりませ」片手

で差出す書状、見向きもせず、

「ええやかましい！」喚きざま斬下した。頸《くび》を半ば斬られながら十郎左、うむと堪《こら》える必死の気力、もう一言呻くように、

「——御披見！」

「えい！」二の太刀、十郎左の首はころりと前へ落ちた。秀吉《ひでよし》の荒小姓として生立ち、七本槍の一人と謳《うた》われ、鬼と恐れられた正則。一度怒れば理非にかかわらず、阿修羅《あしゅら》のごとく暴れてあくまで我意を通さずにおかぬ正則。しかし、さればこそ又一面には、娘のような涙脆《もろ》さと、弱法師《よろぼうし》のごとく感じ易《やす》い心をもっている正則ではあった。

十郎左の首がとんで、屍《しかばね》が前へのめった時、はじめて正則は十郎左の最期《さいご》の言葉に気がついた。

「殿——」恐る恐る近寄って来た老職へ、

「ええ退《さが》っておれ」と呶鳴《どな》りつけて、足下に落ちている書状を取上げた。表に『密書』と書いてある。正則はそれをつと懐中へ入れると、すっと廊下へあがって立去った。

「御一人にて密々に御披見！」そう云われたことが頭にあるから、正則は居間へ入る

と近侍の者を遠ざけてただ一人、机に向って書状を披《ひら》いた。そして第一節を読みはじめるがいなや、

「あっ！　これは!?」

と声をあげて反《のけ》ぞった。

陰謀！　恐るべき陰謀だ!!　徳川幕府の恐るべき政策の魔手が、いつか正則の身辺に近づいていたのだ。それは外でもない。福島家五十万石を取潰すべき密計が、本多佐渡守の指図書によってほとんど九分九厘までできあがっていたのである。

豊臣氏大坂城に亡んで、徳川氏の天下とはなったがいまだ、豊家恩顧の大名は巨封を擁して頑張《がんば》っている、徳川家万代の策としては何より先にこれらの大名を片付けなければならぬ。まず清正《きよまさ》は毒害した、次に狙われたのが正則であるのは当然の順序であろう。

元参州の出である間堂八左衛門が、次子新八郎を本多上野介の身内に聟入りさせるとともに、徳川家に対する二重の縁で、ついに自分の身を殺して幕府のためにこの秘策に与《あずか》ったのである。八左衛門は作事奉行として御城修築の采配《さいはい》を握っているのを倖《さいわ》い、密《ひそか》に搦手の四の櫓を大砲櫓に直した。これだけでも幕府から謀叛《むほん》の嫌疑《けんぎ》をかけられるには充分であったが、なお脇門の廓内にある武庫を火薬庫に改築した。こうして

おいて、端午の節句に祝儀の使者を送り、使者に城見廻りをさせてこれを摘発すればよいのである。

「うーむ、計りも計ったり！」正則読むにしたがってびっしり汗だ。密計の次第に、証拠として新八郎より八左衛門に宛てた書面まで封じ込んであるのを、とくと見た正則、

「許せ十郎左、余は早まったぞ」と云ったままはらはらと落涙した。

「正則一生の不覚だ、殺すではなかった、そち一人を殺しての五十万石は、正則にとって塵《ちり》ほどの値打もないぞ、許してくれ！」

鬼福島が血を吐く声であった。

遺書には、本多家より使者の到着せぬうちに早々櫓を改築すること。火薬庫を取壊すことなどが繰返し認めてあり、十郎左はあくまで乱心として屍を取棄《とりす》てて間堂八左衛門の名を汚さんでいただきたいと、飾らぬ真心をもって綴《つづ》ってあった。

「聞届けた、望み通りに致してとらすぞ、誰が知らんでも正則が知っている。なるほど、十郎左は乱心じゃ――」

正則の頬を涙が流れ絶えなかった。

「十郎左は乱心じゃ！」

そしてついには両手のうちへ顔を埋め、声を放って泣くのだった。

十郎左が左平に持たせてやった妙への書状は、まだ正式に婚姻の式を挙げなかった妻への離別状だった。妻と、生まれ出る子に迷惑をかけまいとする、優しい心遣いがここにも顕《あら》われていた。

十郎左の死によって、一時その取潰しを免《まぬか》れた福島家も、執拗《しつよう》な徳川家の高等政策にかかってそれから二年後、元和五年にはついに国を除かれて津軽《つがる》へ配され、次《つい》で越《えち》後魚沼《ごうおぬま》から信濃《しなの》に転じ、ついに寛永《かんえい》元年（一六二四）七月、川中島《かわなかじま》に於《おい》て正則は死んだ。

謫居《たつきよ》にあって死ぬ前まで、おりにふれては傍の者にこんなことを云っていたと伝えられる。

「十郎左という男は恐ろしい奴《やつ》だった、あれはふだん獺のように眠っているが、ことがあると獅子のように起上る、あんな思い切った男は見たことがない！」

また、正則の死の床までまめまめしく付添っていた女房《にょうぼう》こそ、十郎左と浅き契《ちぎり》を交わした妙女であって、十郎左の遺児《わすれがたみ》で当時もう八歳になっていた三十郎《さんじゅうろう》は、寂しい正則の晩年に仕えて、彼の心を慰めるただ一人の、可愛《かわい》いおどけ役であったという。

死《し》処《しょ》

一

夏目吉信《なつめよしのぶ》（次郎左衛門《じろうざえもん》）が駈けつけたとき、大ひろ間ではすでにいくさ評定がはじまって、人びとのあいだに意見の応酬がはげしくとり交わされていた。

「父うえ、おそうございます」

末座にいた子の信次《のぶつぐ》が、はいって来た父吉信をみて低いこえで云った。

「今しがた二俣《ふたまた》城へまいった物見（斥候《せっこう》）がかえり、二俣もついに落城、甲州《こうしゅう》勢はいっきにこの浜松《はままつ》へおし寄せまいるとのことでございます」

「知っておる」

吉信は子のそばへしずかに坐った。

「それで御評定はきまったか」

「老臣がたは城へたてこもって防ぎ戦うがよろしいという御意見のようでござりま

す。本多《ほんだ》さま酒井《さかい》さまはおし出して決戦すると仰《おお》せです」

「おん大将の御意はどうだ」

「まだなにごとも仰せられません、せんこくからあのとおり黙って評定をお聴きあそばしてござります」

吉信はうなずきながら上座を見あげた。徳川家康《とくがわいえやす》（従五位上侍従このとき三十一歳）は紺いろに葵《あおい》の紋をちらした鎧直垂《よろいひたたれ》に、脛当《すねあて》、蹈込《ふみこみ》たびをつけたまま、じっと目をつむって坐っていた。この日ごろやつれのめだつ面《おもて》に、濃い口髭《くちひげ》と顎《あご》の髯《ひげ》とがその相貌をひときわするどくみせている。

事態は急迫している、存亡のときが眼前にせまっているのだ。

甲、信、駿の全土をその勢力のもとに把《つか》んだ武田《たけだ》氏は、遠江《とおとうみ》、参河《みかわ》の一部を侵して、ずいしょに砦城をふみやぶりながら、三万余の軍勢をもって怒濤《どとう》のごとく浜松城へと取り詰めている。味方は織田信長《おだのぶなが》から送られた援軍を合せてようやく一万余騎、それも連勝の敵軍にたいして、つぶさに敗戦の苦を嘗《な》めてきた劣勢の兵だった。

この一戦こそまさに危急である、この一戦こそまさに徳川氏の存亡を決するものだ。

老臣たちは守って戦うべしと云《い》い。酒井、榊原《さかきばら》、本多、小笠原《おがさわら》の若く気英の人びとは出陣要撃を主張した。家康は黙ってその論諍をきいていたが、やがてつむっていた眼をみひらき、ゆっくりと列座の人びとを見まわしながら口をきった。

「おのおのしずまれ」

囂々《ごうごう》たる応酬《おうしゅう》のこえがぴたりとやみ、一座の眼はいっせいに大将家康を見あげた。

「敵軍三万余騎、みかたは一万にたらず、城をいでて戦うはいかにも無謀血気のようであるが、このたびはただ勝つべきいくさではない。武田氏を攻防いく年《とせ》をかさねて、今日《こんにち》までしだいに諸処の城とりでを失い、いまここに決戦のときを迎えたのだ、まん一にも浜松の城下を甲州勢の蹂躙《じゅうりん》にまかせるとせば、もはや徳川の武名《ぶめい》は地におちるであろう。たたかいは必死の際《きわ》におし詰められている、浜松に敵の一兵もいれてはならぬのだ、評定は出陣ときまった、いずれもすぐその用意につけ」

「はちまん」

本多忠勝《ただかつ》(平八郎《へいはちろう》)が膝を叩いて叫んだ、

「それでこそ一期《いちご》のご合戦、われら先陣をつかまつりましょう」

「先陣はこの酒井こそ承わる」

出陣ときまって気英の人びとはたがいに膝《ひざ》をのりだした。守戦をとなえた老臣たちも、事がきまればいささかも逡巡するところはない、すぐ軍《いくさ》くばりにとりかかった。

「総勢出陣ときまれば、この本城のまもりをどうするか」

「まもりは置かなければならぬ」

「誰を留守にのこす」

「この一期のいくさに遺《のこ》るものはあるまい」

「しかし城を空《から》にはできぬ」

斯《こ》ういう場合のいちばん困難な問題がはたと人びとを当惑させた。にわかにみんな口をつぐんだ、主家の運命を賭する一戦、いまこそ武士の死すべきときである、この戦《たたかい》におくれたらもののふの名はすたるのだ。

しわぶきのこえも聞こえなくなった一座のかた隅から、そのときしずかに名乗りでる者があった。

「おそれながら、ご本城のおん留守はわたくしがおあずかり申しましょう」

みんなの眼がそのこえの方へ集った。こえの主《ぬし》はすこし蒼《あお》ざめた顔で家康の方をみあげていた、それは夏目吉信であった。

「ああ夏目か」

「次郎左衛門か」

人びとの面《おもて》にはかすかに軽侮のいろが動いた。そしてたがいに「さもありなん」という眼つきでうなずきあった。次郎左衛門の子信次は全身をふるわせながら、骨も砕けよと双のこぶしを膝につき立てていた。

「よし、城の留守は夏目に申しつける、いずれも出陣の用意をいそげ」

家康のこえが大きくひびきわたると共に、列座の人びとは歓声《かんせい》をあげて立った。ときは元亀《げんき》三年（一五七二）十二月二十一日黄昏《たそがれ》すぎのことであった。

二

「なんたること。父上、これはなんたることでござりますか」

信次は色をうしなった唇《くちびる》をふるわせながら、噛みつかぬばかりにはげしく父を責めた。

「御主君の御運を賭するこのいくさに、もののふとあるものは誰しもご馬前の死をこそねがえ、みずから留守城のまもりを名乗りいで、好んでだいじの合戦におくれるとは、そもいかなるご所存でござります」

吉信は答えなかった。

ここは浜松城玄黙口《げんもくぐち》の矢倉《やぐら》のうえである、必死を期した徳川八千の軍勢は、大将家康の本隊と共に、霜こおる夜をついて、いま粛々とみかたが原めざして出陣して行った。二千に足らぬ兵と留守城のまもりをあずかった夏目吉信は、玄黙口のやぐらの上にのぼって、兵馬の去って征《い》った闇のかなたを、身じろぎもせずに見まもっている。

「なさけのうござります、信次には父上のご所存がなさけのうござります」

信次のこえは喉《のど》につまっていた、

「すぐる永禄《えいろく》九年（一五六六）におみかた申してより、いつの戦《たたかい》にもご馬前のはたらきかなわず、家中の人びとからは絶えずに降参人《こうさんにん》、ごれんみんの者という眼で見られております、このたびこそは先陣にうっていで、めでたき死にざまを見せて夏目の家名をたてるべきときと存じましたのに、これでわれら一族の名も泥上にまみれてしまいました、あまりと申せばなさけなきおふるまい、ざんねんにござります」

信次は面《おもて》をおおい、床板にどっかと崩れて泣きだした。

夏目吉信は徳川恩顧の者ではなかった。彼は参河《みかわ》ノ国額田郡《くにぬかだごおり》の郷士であって、永禄六年九月、一向宗徒が乱をおこしたとき、大津半右衛門尉《おおつはんえもんじよう》、乙部八兵衛尉《おとべはちべえじよう》らと共に一揆の徒にくみし、野羽の古塁《こるい》に拠《よ》って反旗をひるがえした、家康はただちに松平主殿助伊忠《まつだいらとのものすけこれただ》に命じてこれを討たした。伊忠は深溝城をまもっていたが、神速に兵をだして野羽のとりでを囲み、困難なたたかいの後《のち》、乙部八兵衛尉のうらぎりに依《よ》って城を乗取り、ついに夏目吉信をいけどりにして勝った。家康はよろこんで伊吉の功をたたへ、——夏目は参河《みかわ》にきこえた豪士である、これを克く攻めて勝ち、城将をいけどりしたることまことに奇特というべし、恩賞はのぞみにまかするゆえ何なりと申してみよ。

そう云って賞讃した。そのとき主殿助《とのものすけ》伊忠はかたちをあらためて、

——仰せにしたがって一つ御恩賞を乞《こ》いたてまつる、夏目吉信は一揆の徒にはくみしましたれども、その智略その勇剛まことに惜しむべき人物にて、ごれんみんをもってかれが命を助け、おん旗本《はたもと》のすえに加えられたまわば、かならずお役に立つべしと存じまする、御恩賞として乞いたてまつるはこの一事のみでござります。

と真実を籠《こ》めて云った。家康はその熱心にうごかされ、伊忠のねがいをゆるして吉信を麾下《きか》に加え、かつ三郎信康に属せしめたのであった。いま信次が、

——ごれんみんの者。

——降参人。

ということばを口にしたのは、そういう過去があったからで、また徳川幕下の諸士たちがそういう眼でみることも避けがたい事実だった。なによりも名を惜《お》しむ武士にとって、これはいつまでも耐えられる問題ではない、折さえあったら華ばなしくたた

かって汚名を雪《そそ》ごうと、一族は切歯しつつ今日まで周囲のつめたい眼を耐えしのんで来たのだ。

「おきかせ下さい父上、いかなるご所存でかような未練なおふるまいをなさったのでございます、父上はそれほど命が惜しいのでございますか」

「そうだ、……命は惜しい」

吉信はまた北の夜空をみまもりながら、水のようにしずかなこえで云った、「いったんの死はむずかしくはない、たいせつなのは命を惜しむことだ。人間のはたらきには名と実とがある、もののふは名こそ惜しけれ」

「父上もそれをご存じでございますか」

「その方はどうだ」

はじめて吉信はふりかえった。五十五歳、鬢《びん》に霜をおいて、ふかく頰《ほお》のおちくぼんだ彼の面上に、抑へつけているはげしい意力が脈うっていた。吉信はわが子のまえに坐《すわ》り、噛んでふくめるような口調で云いはじめた。

「名を惜しむということを、そのほうはよくよく知っているか、信次。もののふは名こそ惜しけれとは疋夫《ひっぷ》も口にする、しかし名にも虚名というものがあるぞ、すなわち中身のない名だ、名あって実のともなわざることを云う。……父がごれんみんをもって命を助《たすか》り、降参人《こうさんにん》となっておん旗本に加わったのは、おのれの命ひとつが惜しかったからではない、この君《きみ》こそ天下の仕置たるべき人、この君こそ身命のご奉公をつかまつるべき人と思ったからだ」

三

「よいか信次」

吉信はしずかにつづけた。

「父はおのれ一族の名をあげ、その方共に高名出世をさせとうてご随身《ずいしん》申したのではない、一家一族をささげて徳川のいしずえとなるためにお仕え申したのだぞ」

「…………」

「ご馬前にさき駈けして、はなばなしくたたかうも武士のほんぶんではある、けれどもそれは、今そのほうが申したような心懸《こころがけ》ではかなわぬことだ。そのほうの頭には夏目の家名がしみついておる、おのれこそあっぱれもののふの名をあげようという功名心がある、ご主君のために髑髏《どくろ》を瓦礫《がれき》のあいだに曝《さら》そうと念うよりさきに、おのれの名を惜しむ心がつよい。信次、虚名とはすなわちそのような心を申すのだぞ」

「…………」

「一期のご合戦に先陣をのぞむのは誰しもおなじことだ、けれども誰かは留守城をあずからねばならぬ。先陣をつるぎの切尖《きつさき》とすれば本城のまもりは五躰《ごたい》といえよう、五躰のちからまったくしてはじめて切尖も充分にはたらくことができるのだ、たとえ先陣、留守の差はあっても、これを死處《ししよ》とする覚悟に二つはないぞ、わかるか信次」

信次は両手をついて噎《むせ》びあげた、身命も捨て名も捨てた父のこころが、はじめてわかったのだ。留守城のまもりは誰しも好むところではない、まして吉信がみずから望んで出るとすれば、人びとは「いかにも降参人の望みそうなことだ」と頷《うなず》くであろう、吉信はそれをよく知っていた、知っていながらあえておのれから望み出た。はたして人びとは軽侮の眼で見た、吉信はそれをもあまんじて留守をあずかったのである、彼は身命を捨てるまえにおのれの名を捨てたのだ。

「父上、信次がおろかでござりました」

「…………」

「仰せのとおり、わたくしは夏目の家名にまなこを昏《くら》まされておりました」

信次はしぼりだすように云った。

「もはや世の謗《そし》りもおそれませぬ、人の批判にも臆《おく》しませぬ、いまこそ、瓦礫のなかに無名のしかばねを曝す覚悟ができました、いまこそおのれの死処がわかりました、さきほどの過言をおゆるし下さいまし」

「わかればよし、たたかいはこれからだ、命をそまつにせまいぞ」

吉信はそう云い終ると、しずかに立ってやぐらを降りていった。

明くれば十二月二十二日。

三万余騎の軍をひっさげた武田信玄《しんげん》は、天龍《てんりゅう》のながれを渡って、大菩薩《だいぼさつ》（浜名郡有玉村《はまなごおりありたまむら》）より三方原《みかたがはら》にせまった。徳川家康は八千余をもって南よりのぼり、右翼に酒井忠次《ただつぐ》と織田の援軍との混合隊を配《はい》し、左翼に石川《いしかわ》、小笠原、松平、本多の軍を置き、そのうしろぞなえにみずから本陣を張って鶴翼《かくよく》のかまえをとった。

これに対して武田勢は、先陣に小山田信茂《おやまだのぶしげ》、山県昌景《やまがたまさかげ》、内藤昌豊《ないとうまさとよ》、小幡信貞《おばたのぶさだ》ら。だい二陣に馬場信春《ばばのぶはる》、武田勝頼《かつより》ら。信玄の本隊はその後づめとなり、魚鱗《ぎょりん》の陣形をもって南下し来《きた》った。

午後四時《七つ》、たがいの先鋒に依って合戦のひぶたは切られた。

老獪《ろうかい》にして経験ふかき信玄の戦術は、まだわかき家康の敵すべきところではなかった。援軍の将佐久間信盛《さくまのぶもり》まず敗れ、おなじく滝川一益《たきがわかずます》も戦場を捨てた。戦《たたかい》はみるみる苦戦におちいり、本多忠勝、酒井忠次、石川数正《かずただ》らおおいに反撃したが、夕闇の頃

にいたって全軍の敗勢おおうべくもなく、家康はついに退却の命を発した。しかも彼は乗馬《じょうめ》を曳《ひ》かせてこれにまたがり、

「旗本のめんめんはわれと共にしんがりせよ、余《よ》の隊は浜松までひけ、しんがりは旗本にてひきうけたぞ」

とさけんだ。そしてみずから本隊と共にしっぱらい（殿軍）となり、追いかかる敵とたたかいつつ退却していった。

けれども武田勢の追げきはげしく、本多忠真《ただざね》死し松平康純《やすずみ》死し、鳥居《とりい》信元《のぶもと》、成瀬《なるせ》正《まさ》義《よし》、米津《よねづ》政信《まさのぶ》らあいついで討ち死《じに》をとげた。しかも敵軍の右翼は大きく西へ迂回して、徳川軍の退路をまさに断たんとしている。家康は激怒のあまり死を決し、

「全軍かえせ」

と命をくだした。

そのときである、浜松城の方から疾駆して来た二十五六騎の一隊が、家康のはたもとへ乗りつけると共に、その部将のひとりがだいおんに呼びかけた、

「君にはなにごとを躊躇《ちゅうちょ》したもうや、敵の軍勢はいきおいに乗じたり、ここは本城に退《ひ》きて後日の合戦をまつべきなり、はやはや浜松へ退きたまえ、それがししんがりを承《うけたま》わる」

四

家康はふりかえった。乗りつけて来たのは夏目次郎左衛門吉信である、彼は城の櫓《やぐら》から、家康危急のさまをみて駈けつけたのであった。

「いやもはや退《ひ》かぬぞ」

家康は馬のたづなをしめながら叫んだ、

「本城ま近《ぢか》にて斯《か》くやぶれたうえは、命ながらえてなにかすべき、しかも敵軍すでにわが退路を断たんとする、もはやわが武運のつくるところだ。くちとり、馬をはなせ！」

鐙《あぶみ》をなげて馬の口取をしたたかに蹴る、吉信はおのれの馬よりとんで下りると、家康の馬の轡《くつわ》をしかと取った。

「君にはおろかなることを仰せたもうぞ、進むべきときに進み、しりぞくべきときにしりぞき、いくたび敗戦の苦を嘗《な》むるとも、屈せず撓《たゆ》まず、ついの勝利をはかるこそまことの大将とは申すべし、はやく本城へ退きたまえ、吉信しんがりをつかまつる」

「否《いな》いかに申そうとて、われの此処《ここ》にあることは敵すでに知る、追撃は急なり、もはやのがれぬ運と思うぞ」

「未練の仰せなり、君《きみ》のおん諱《いみな》を冒《おか》してふせぎ矢つかまつるあいだ、此処はいかにもして浜松へ退きたまえ、ごめん」

叫ぶとともに、家康の馬の轡をちからまかせに南へひき向け、おのれの槍の石突をかえしてその乗馬の尻をはっしと打った。

馬は狂奔してまっしぐらにはしりだした、旗本の人びともそれについて退いた。吉信はとくと見さだめてからふたたび馬にとび乗り、追いこんで来る甲州勢の真向《まっこう》へ突っかけながら、

「徳川家康これにあり」

とだいおんに名乗った。

「駿河守《するがのかみ》家康これにあり、われと思わん者はであえ、この首あげて功名せよ」

名乗りかけ名乗りかけつつ、手兵二十五騎と共に悪鬼のごとく斬りこんでいった。

すでに戦場は暮色が濃かった。あれこれ徳川の本陣とめざしていた甲州勢は、徳川家康といふ名乗をきいていろめきたった。

——すわこそ敵の大将。

——のがすな、討ちとれ。

とばかりおっとり囲んで来た。吉信はこのさまを見てしすましたりと、馬上に十文字の槍をふるって縦横に奮戦した。

「家康ここにあり。であえ、……であえ」

わめき叫びながら、むらがり寄せる敵をさんざんに駈けなやましたが、わずかな手兵はしだいに討ち取られ、吉信もついに数瘡《あまたきず》を負った。かたな折れ、矢つきたのである。

——もはやこれまで。

と思った彼は、馬上に浜松城のかたを再拝して云った、

「危急の場合とはいえ、われらごとき者の槍の石突をお当て申し、おん名を冒しまいらせた罪は万死に価《あたい》すべし。吉信ただいまうちじにつかまつる、おんゆるし候え」

そして夏目次郎左衛門は討ち死をとげた。

このあいだに家康はしゅびよく退陣し、旗本の人びとも追躡《ついじょう》する敵を撃退しつつ浜松城下までひきしりぞいた。

ときすでに午後六時《むつ》をすぎて、くもり月の空は暗澹《あんたん》と昏《く》れた。

浜松城の大手には篝火《かがりび》がどうどうと焚《た》きつらねてあり、年少夏目信次が守兵をひきいて城門をまもっていた。この篝火をめあてに馬を乗りつけて来た家康は、夏目信次のすがたをみると馬を下り、つかつかとその前へあゆみ寄って云った。

「信次、そのほうの父は、家康にかわってみごとに死んだぞ」

「は……」

「吉信なくば生きては帰れなかった、吉信こそ家康の命の恩人だぞ」

「もったいのうござります」

信次はしずかに拝揖《はいゆう》しながら云った。

「もったいのうござります」

彼には父の顔がみえるように思えた。父はおのれの名に未練はなかった、ただおのれの身命をなげうって、奉公すべき場所を誤ることなきようにとねがった。

——父上はその本望を遂《と》げた、父はねがっていた死處を得られたのだ、しかも誰にもまして華ばなしく、うらやむべき死處を。

退却して来た兵はただちに城の守備についた。玄默口には鳥居元忠を。下兎口には大久保忠世《おおくぼただよ》と柴田康忠《しばたやすただ》を。山手口には戸田忠次《とだただつぐ》、塩町口には酒井忠次、松平家忠《いえただ》、小笠原長忠《ながただ》を。その他鳴子《なるこ》は、二之丸、飯尾《いいお》の出丸にも兵をくばり、守備と反撃の体勢がみるまにととのった。

元亀三年十二月二十二日は、かくてまったく夜に入った。

編集後記

本書に収録された表題作「死處《ししょ》」は、未発表のまま長い間、講談社の資料室に眠っていた原稿です。

二〇一七年、神奈川近代文学館で「没後50年　山本周五郎展」（九月三十日〜十一月二十六日）が催されました。その際に、講談社からも資料を出品するため、資料室や図書室を再調査したところ、山本周五郎に関係している資料の中に、一封の古びた封筒があるのが発見されました。

封筒の中には、二百字詰めの山本周五郎用箋と印刷された四十枚の原稿があったのです（九頁写真）。その原稿の一枚目には、「死處」という題名と、「山本周五郎」という署名がありました。これが山本周五郎の手によって書かれた「死處」という作品だということはわかりましたが、その来歴がわからず、「山本周五郎展」では展示されませんでした。その後、本文庫シリーズの刊行に際し、調べていく中、この原稿がどこにも発表されていないものであることが確認できました。

なぜ、この作品は未発表のままに日の目を見ることがなかったのか、当時の状況や講談社の社史などを照らし合わせて検証した推測を記しておきます。

この原稿用紙の右上には印が押され、この原稿が、雑誌「富士」のために、昭和十六年十月二十五日に受け付けられたことがわかります。「富士」は、当時、三十万部を超える部数を誇った人気雑誌でした。しかし、太平洋戦争の最中、戦争のために紙不足になったことから、「富士」は同年十二月号をもって、休刊せざるを得なくなってしまいます。

この原稿は、昭和十七年一月号に——受付年月日から、また挿絵を中一彌《なかかずや》氏に依頼することが既に記されていることなどから——「富士」新年号に掲載する予定だったのではないかと推測します。しかし、掲載予定だった「富士」がなくなってしまったので、「死處」は行き先を失い、そのままに置かれることになったと想像できるのです。

それからあまり時を置かず、昭和十七年八月号の「講談雑誌」に掲載された「城を守る者」は、「死處」とでだし部分がよく似た設定になっています。

山本周五郎は、自分の小説を預けた「富士」に対し、突然、休刊せざるを得なくなった編集部員のことを思うと、原稿の返却を言い出しにくかったのかもしれません。

しかし、その構想には愛着があり、同じモチーフを使いながら、全く別の作品「城を守る者」を、別の雑誌のために書いたと想像するのは、山本周五郎が日頃、編集者に接しているときの態度を考えると、難しいことではないと思われます。

山本周五郎と私たちの先輩編集者たちの交わりが、図らずもこの二つの作品を、後輩の私たちに残してくれることになったわけです。私たちは、この幸運を読者の方々と分かち合いたいと思い、この書を編むことにいたしました。

本書の巻頭には「城を守る者」を、そして巻末には「死處」を収録しました。その二つを読み比べると、山本周五郎の腕の確かさに舌を捲《ま》くばかりで、どちらの作品に軍配を上げるかは、ほとんど困難なことです。

本書は、その二篇を含む、戦国武将に仕《つか》えた家臣たちの物語の名品を八篇揃えました。そこに登場する武将は、それぞれ、上杉輝虎（謙信）、武田勝頼、伊達政宗、井伊直政、本多忠勝、山内一豊、福島正則、徳川家康です。戦国武将を好んで書こうとしなかった山本周五郎ですが、その武将たちに仕えた家臣たちの感動的な心延《こころば》えに温《あたた》かい眼差《まなざ》しを注《そそ》いでいるところに、作家の資質と才能が読み取れるのではないでしょうか。

（文庫編集部）

初出一覧

城を守る者　「講談雑誌」（博文館）　一九四二年八月号
石ころ　「富士」（講談社）　一九四四年一月号
夏草戦記　「講談雑誌」（博文館）　一九四三年三月号
青竹　「ますらを」（大陸講談社）　一九四二年九月号
紅梅月毛　「富士」（講談社）　一九四四年四月号
土佐の国柱　「読物文庫」（文藝春秋社）　一九四〇年四月号
熊谷十郎左　「キング」（講談社）　一九三二年八月号
死處　未発表作

山本周五郎《やまもとしゅうごろう》

1903年6月22日、山梨県に生まれる。本名・清水三十六《さとむ》。1907年、東京に転居。1910年、横浜市に転居。1916年、小学校卒業後、東京、木挽《こびき》町《ちょう》（現・銀座）の質屋・山本周五郎商店に奉公、後に筆名としてその名を借りることになる。店主の山本周五郎の庇護のもと、同人誌などに小説を書き始める。1923年、関東大震災により山本周五郎商店が罹災《りさい》し、いったん解散となり、豊岡、神戸と居を移すが、翌年、ふたたび上京する。1926年、「文藝春秋」に『須磨寺附近』を発表し、文壇デビュー。その後不遇の時代が続くが、1932年、雑誌「キング」に初の大人向け小説となる『だだら団兵衛』を発表、以降も同誌などにたびたび寄稿し、時代小説の分野で認められる。1942年、雑誌「婦人倶楽部」に『日本婦道記』の連載を開始。1943年に同作で第十七回直木賞に推されるがこれを辞退、以降すべての賞を辞退した。代表的な著書に、『正雪記』（1957）、『樅ノ木は残った』（1958）、『赤ひげ診療譚』（1959）、『五瓣の椿』（1959）、『青べか物語』（1961）、『季節のない街』（1962）、『さぶ』（1963）、『ながい坂』（1966）など、数多くの名作を発表した。1967年2月14日、肝炎と心臓衰弱のため仕事場にしていた横浜にある旅館「間門園《まかどえん》」で逝去。

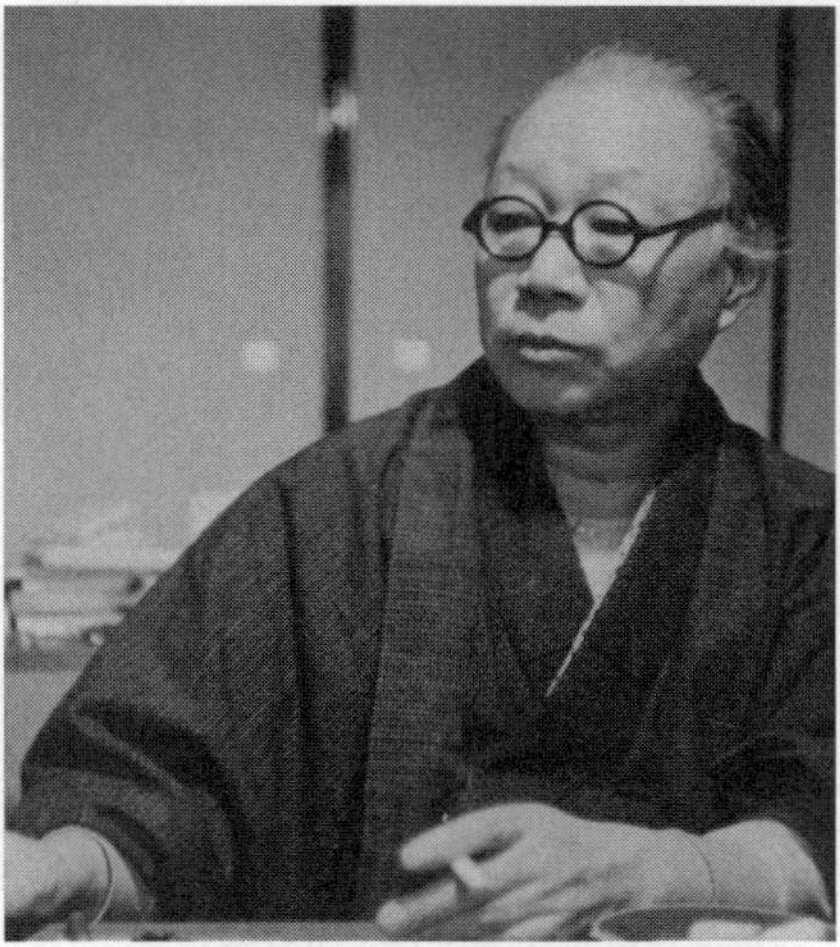

昭和40年（1965年)、横浜の旅館「間門園」の
仕事場にて。(講談社写真部撮影)

本書は『山本周五郎全集』（講談社刊）を底本に、これまで刊行された同作品を参考にしながら文庫としてまとめました。旧字・旧仮名遣いは、一部を除き、新字・新仮名におきかえています。また、あきらかに誤植と思われる表記は、訂正しております。

作中に、現代では不適切とされる表現がありますが、作品の書かれた当時の背景や作者の意図を正確に伝えるため、当時の表現を使用しております。

戦国武士道物語《せんごくぶしどうものがたり》　死処《ししよ》

山本周五郎《やまもとしゅうごろう》

講談社文庫

定価はカバーに
表示してあります

2018年7月13日第1刷発行

発行者――渡瀬昌彦

発行所――株式会社　講談社

東京都文京区音羽2-12-21　〒112-8001

電話　出版（03）5395-3510

販売（03）5395-5817

業務（03）5395-3615

Printed in Japan

デザイン―菊地信義

本文データ制作―講談社デジタル製作

印刷―――豊国印刷株式会社

製本―――株式会社国宝社

ISBN978-4-06-512169-6

講談社文庫刊行の辞

二十一世紀の到来を目睫に望みながら、われわれはいま、人類史上かつて例を見ない巨大な転換期をむかえようとしている。

世界も、日本も、激動の予兆に対する期待とおののきを内に蔵して、未知の時代に歩み入ろうとしている。このときにあたり、創業の人野間清治の「ナショナル・エデュケイター」への志を現代に甦らせようと意図して、われわれはここに古今の文芸作品はいうまでもなく、ひろく人文・社会・自然の諸科学から東西の名著を網羅する、新しい綜合文庫の発刊を決意した。

激動の転換期はまた断絶の時代である。われわれは戦後二十五年間の出版文化のありかたへの深い反省をこめて、この断絶の時代にあえて人間的な持続を求めようとする。いたずらに浮薄な商業主義のあだ花を追い求めることなく、長期にわたって良書に生命をあたえようとつとめるところにしか、今後の出版文化の真の繁栄はあり得ないと信じるからである。

同時にわれわれはこの綜合文庫の刊行を通じて、人文・社会・自然の諸科学が、結局人間の学にほかならないことを立証しようと願っている。かつて知識とは、「汝自身を知る」ことにつきていた。現代社会の瑣末な情報の氾濫のなかから、力強い知識の源泉を掘り起し、技術文明のただなかに、生きた人間の姿を復活させること。それこそわれわれの切なる希求である。

われわれは権威に盲従せず、俗流に媚びることなく、渾然一体となって日本の「草の根」をかたちづくる若く新しい世代の人々に、心をこめてこの新しい綜合文庫をおくり届けたい。それは知識の泉であるとともに感受性のふるさとであり、もっとも有機的に組織され、社会に開かれた万人のための大学をめざしている。大方の支援と協力を衷心より切望してやまない。

一九七一年七月

野間省一